学年の二大美少女に フラれたのに、 何故か懐かれたらしい

「ん、任せろ。報酬は――
私とゲームする、だけでいい」
姶良柚 Aira Yuzu
口数が少なく表情も薄い
猫のようなマイペース美少女。
ゲーム好きで、『柚木愛羅』という
名前でVTuberもやっている。

「わ、分かりました……やってみますっ！」
SECRET
姫野 芽衣 Himeno Mei
文武両道で誰にでも優しく
聖女のような美少女。
若干世間知らずなところがあり、
クレーンゲームで秘めた才能を
発揮する。

「お二人とも私の大切な友達ですっ！」
「ん、めいは私の友達。えーたも友達」
微分係数 1

学年の二大美少女にフラれたのに、何故か懐かれたらしい

あおぞら

角川スニーカー文庫

24566

CONTENTS
［目次］

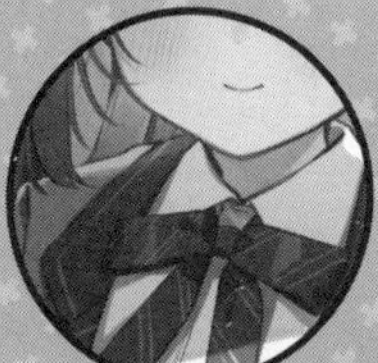

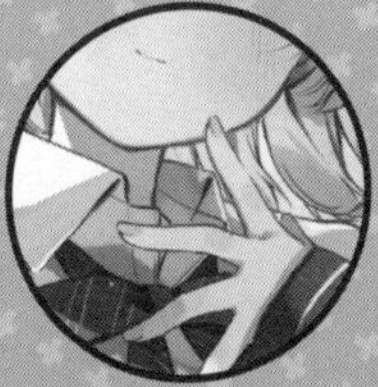

Design work : AFTERGLOW
Illustration : ぴろ瀬

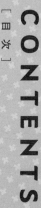

プロローグ

――華の高校生という言葉がある。

どういう意味かは詳しく知らないが、まぁ大体は遊べる内に遊んで青春をしろとでも言いたいのだろう。

そして大人達は、その中でも特に青春……さらに絞れば恋愛に焦点を当てたがる。

口々にやれ絶対に恋人は高校生までに作っておいた方がいい、やれ高校生が一番甘酸っぱい恋愛ができる……とにかく言いたい放題言っている。

ああ、とても言いたいことは分かるよ。確かに大人になれば、高校生のように勉強だけしてればいいというわけではなし、全てが自己責任だし、恋愛に現を抜かす時間も取れない人が多いはずだ。

だから親切心でそう言っているのだろう。

――いや言われなくても分かってるわ！

確かにカップルがラブラブしている所を見て少し羨《うらや》ましくなることはあるよ？　あぁ、あんな生活もちょっとしてみたいな……なんて、そりゃ思うことあるよ？

だって男子高校生だもの。普通の男子高校生なら当たり前だろ。

だがしかし、それが実際に恋人を作りたい……という安易な考えに行き着くかと言われれば——俺、佐々木瑛太《ささきえいた》は否と答えよう。

男性諸君なら分かるというか共感してくれると思うが……正直、男子同士で下らないことで盛り上がってバカ騒ぎしたり、小学生がするようなゲームをして遊ぶのって結構面白いんだ。

男子とはそもそも大小多かれ少なかれ、女子の前では格好つけたくなるもの。それでは常に肩ひじを張ることとなり、本当に自分のしたいことが出来ず、段々と面倒臭くなってくるのだ。

あと普通に最近はゲームにどハマリしてて、彼女が出来てもデートとか絶対に行きそうにない、というのも彼女を欲しいと思わない理由の一つ。

それらを顧みると……俺は別に今は恋人を作るのはいいかなと思っている。決してモテないから諦《あきら》めたとかではないぞ、断じて無い。

しかし、どうやらそんな考えの俺は案外少数派だったらしい。

「なぁ瑛太、聞いてくれよ。昨日の夜な、俺の彼女が俺の服を着てくれてな？」

「あー、うんうんヨカッタネー」

へニャへニャの締まりのない笑みを浮かべて俺の席の隣を陣取って駄弁るマイフレンドの和樹《かずき》。ちょっとウザ過ぎるんで惚気《のろけ》は他所《よそ》でやってくれない？

「瑛太、実は俺もな、今度彼女が家に泊まりにくるんだよ！　やべぇ、今からめっちゃ緊張してきた！」

「あ、そうなん、良かったじゃん。相手も同じ気持ちなんじゃね？　知らんけど」

同じくマイフレンドの康太《こうた》も和樹と同じように一切凛々《りり》しさの欠片《かけら》もない笑みを浮かべて惚気を吐いてくる。

……………あっれぇー、何かおかしいぞぉ？　ちょっと前……それこそ一、二ヵ月前までは皆でバカ騒ぎして『やっぱ彼女作るより俺らで遊んでた方が盛り上がるよな‼』とか言ってた気がするのは俺だけですか？

──てな感じで、俺の友達が次から次へと友情から恋愛に方向転換しやがった。

しかし、それだけならまだ許せる。許せないけどまだ許せる。

一番の問題は、別にあるのだ。

「──瑛太も早く彼女作れよな。めちゃくちゃ楽しいぞ」

「それな、マジで世界変わるぜ？　ファッションとか死ぬほど興味なかったけど今はめっちゃ服とか好きだし」

「いやマジ分かるわー！」

これだ。別に俺はいらないと言っているのに、もう何回も何回も同じようなことを宣いやがるのである。

普通にウザいし、毎度の如く彼女自慢も一緒に付いてくるし、どっちも全く悪気がないもんだから更にタチが悪い。

「いや俺はいいって。普通にダルいし」

ただ、こいつ等は結構仲が良いので甘んじて聞き流し、笑いながら軽めの拒絶で済ませる。

これを何十回と続けてる俺は、確実に三度までしか許さない仏様よりよっぽど器大きいだろ。

なのに何で彼女出来ないんだろうね。あ、俺から話しかけにいってないからか。

なんて考えながら、いつものように話を変えようとして……和樹がポツリと呟《つぶや》いた。

「――瑛太、実は女子に告る勇気がないだけなんじゃね？」

おっと、幾ら仏様より寛大な心を持っていると言っても過言ではない俺でも聞き捨てならないことを言いやがるじゃないか。

「おいおい荒唐《こうとう》無稽《むけい》な難癖つけるなよ。告白くらい出来るに決まってんだろ」

「じゃあやってみろって」

「康太まで乗っかってくんなや！」

俺は二リットルの水筒に入ったお茶を飲みながら言ってくる康太に反射的にツッコんだ。

しかし二人は俺のツッコミを完全にスルーして更に盛り上がる。

「そう言えば瑛太が告ってる所って見たことねーよな！　ほら、出来ないなら出来ないって言って良いんだぞ？　安心しろ、俺達は瑛太が結構なヘタレだって知ってるからな」

「そもそも瑛太って女子とすら大して話してなくね？　俺達の彼女とか露骨に避けようとするじゃん」

避けてるんじゃねーよ。お前らの彼女が、お前らと一番俺が仲良いからって俺を恋敵とか泥棒猫を見るような目で睨《にら》んでくるんだよ。

それはそうと……いい加減俺も黙っちゃいないぞ。

「お前らこっちが黙ってたら好き勝手言いやがって！　いいよ、そこまで言うならやってやるよ！　じゃあ俺が告白したら、もう二度と『彼女作ってみろよー』的なノリは禁止だからな!!」

バンと机を叩《たた》いて二人に宣言する。

ただ、今が朝練時間なこともあって教室には殆《ほとん》ど人はおらず、一切注目を受けることはなかった。

「お、おう……頑張れ……」

「……俺等、ちょっと言い過ぎた？」

後ろで何か聞こえるが、今は誰に告白するかという最大の問題に直面して頭を抱えていたため、何と言っていたか聞き取ることは出来なかった。

——という話が昨日の朝にあり、宣言通り俺は告白を決行することにしたわけだ。


「さて……ホントに来てくれるかね」

今の時間は午後一時。絶賛我らの学校は昼休憩真っ只中《ただなか》である。

そんな時間に、俺は屋上である人を待っていた。

昨日一日、如何《いか》に『あの子にフラれるのは仕方ない』という空気に持っていけるかを考えに考えた結果……白羽の矢が立ったのは二人。

なぜ二人なのかは知らない。多分徹夜でラブレターというか呼び出し用の文を考えてたせいでちょっとテンションバグってたせいに違いない。

一応正気に戻って取り消そうと急いで戻った時には……既に取られていた後で、後悔に後悔した。これこそ後の祭りというやつだ。

まぁそれは置いておいて。

一人目でこれから来てくれるはずの女子の名前は、姶良《あいら》柚《ゆず》。

色素の薄い綺麗《きれい》なブラウンヘアーに、女子としては僅《わず》かに高めの身長、モデル顔負けのスタイルを誇り、ダウナー系と呼ばれるタイプの端整な容姿。

そんな彼女は、常にぼーっとしているというか顔に感情が乗らず無表情で、口数が少なくて猫のようにマイペースなせいか……女子達からは友達というよりもマスコットみたいに扱われているらしい。

一方で男子からは、学年で一、二を争うくらいに容姿が整っているせいか、それはもう絶大な人気を誇っており……告白して玉砕した者は数知れない（今話した情報は和樹達とは別の俺の友達からのもので、その彼が言うには『これくらいは常識だぞ馬鹿野郎!!』とのことだ）。

この人選は自分でも完璧《かんぺき》だと自負している。

俺の容姿は贔屓目《ひいきめ》に見ても中の上から上の下の下くらいで、今まで彼女に告白した者の中には上の上のイケメンだっているのだ。

そんな男子ですら散っているなら、俺程度が告白してフラれても圧倒的しょうがない感も出せて、尚且つもう二度と彼女を作れと言われないというまさに一石二鳥な人選。

ホントどうして二人に告白しようとしたんだ、過去の俺。

なんて、今日の朝からずっと後悔していることを蒸し返していた時。

「……ん、ここ？　貴方《あなた》が……佐々木瑛太？」

鈴を転がすような声が聞こえたかと思えば告白の相手である姶良柚がやって来た。

「あ、うん、そうそう。悪いね、こんな急に呼び出して」

あまり見たことなかったが、確かに噂に違わぬ超絶美少女だ。

ヤバい、普通に緊張してきた。お腹も痛くなってきたし、さっさと終わらせよう。

俺は感情の読めない瞳《ひとみ》を向けてくる姶良柚に、手を差し出すと同時に頭を下げる。

「いきなりで何なんだけど――好きです！　俺と付き合ってください!!」

「ん、無理」

「あ、はい」

終了。僅か数秒で俺の告白は終了した。

もう用はないとばかりに俺へと目を向ける姶良柚に、俺が小さく頷《うなず》けば、スカートを翻して戻っていった。

人生初めての告白。思った以上に神経を擦り減らしたが……。

「…………か、考えた時間に見合ってねぇぇぇ……」

俺は屋上のフェンスに寄り掛かり、小さくため息を零した。

□

時間はあっという間に過ぎ……高校生が最もテンションの上がる時間――放課後。

そんなゴールデンタイムとも呼べる時間に、俺は相も変わらず屋上にやって来ているわけだが、目の前には二人目の告白相手――姫野芽衣《ひめのめい》がいる。

昼休憩に告白した姶良柚と学年一、二を競う高嶺《たかね》の花《はな》の完璧美少女。黒曜石のような黒髪に、美しさの中に可憐《かれん》さも同居している容姿、スタイルも良く、姶良柚も平均より胸はあるが、彼女はマジでアニメから飛び出た人かと思うほどデカい。

更に文武両道で誰にでも優しく、穏やかで丁寧な言葉遣いというか口調は、どこかの由緒正しき令嬢とか清く正しい聖女みたいな雰囲気を醸し出していた。

そんな彼女の人気は男女ともに凄《すさ》まじく、男子に告白された回数は姶良柚を超えるにも拘《かか》わらず、女子達からは嫌われていないという意味不明な領域の人。

これほど高嶺の花が似合う者も中々いないだろう（これも姶良柚同様、俺の友達からの情報。聞いた時に『お前、ホントに男か？　〇〇〇付いてるか？』という下ネタを貰《もら》ったので、苛《いら》ついて頭を引っ叩いておいた）。

「えっと……佐々木瑛太君、で合ってますか……？」

「あぁ、はい、合ってますよ」

どうしよう、何か生物としての位が違いすぎて自然と敬語が出るんだけど。

これが皆が言う聖女とかマドンナとか言われる姫野芽衣の実力……一回告ったたし大丈夫だろ、なんて生意気思っててごめんなさい。

俺に合っていると言われて、ホッとした様子で胸《むね》を撫《な》で下《お》ろす姫野芽衣。

いつもなら見惚《みと》れるのだろうが……これ以上は俺が緊張で持ちそうにないので、姶良柚同様、手を差し出すと共に頭を下げた。

「いきなりで悪いんですけど――好きです！　付き合ってください!!」

「…………ごめんなさいっ。もちろん気持ちは嬉《うれ》しいのですけど……私、貴方と話したことないですし……」

「そ、そうですよねー。あ、今日は俺の勝手に付き合って頂き、本当にありがとうございましたぁー」

もう大丈夫ですよ、と言葉を付け加えれば、彼女は申し訳無さそうに一度頭を下げて扉の中に消えていった。

「…………何度も思うけど労力に見合ってねーって。あぁぁぁ疲れた……帰ってあいつ等に報告したらとっとと寝よ。ふて寝だふて寝」

――こうして、俺は一日の内に学年の二大美少女にフラれた男という不名誉な称号を手に入れた。

しかしこの日を境に、俺の生活が良い意味でも悪い意味でも一変するなど――この時の俺は微塵《みじん》も知らない。

第１話　不思議ちゃんとのゲームセンター⁇

はい、世界は無情にも時間は過ぎるもんで、あっという間に地獄の月曜日になりましたよっと。

今の俺のコンディションは過去類を見ないくらいに最悪も最悪。金曜のことがあるから憂鬱《ゆううつ》でしょうがない。

「…………行きたくねぇ……」

「馬鹿なこと言ってないで、さっさと支度して行ってこい」

鬱屈《うっくつ》としたため息を吐く俺に、まぁそれなりにイケメンな大学生の兄貴——大輝《だいき》がソファーでテレビを見ながら宣う。

いつもは暴君と呼ばれる兄貴には怖くてこれっぽっちも逆らわないのだが……今日の俺は一味違う。

「リア充の兄貴に何が分かるってんだ。今の俺はやさぐれてるから、素直に言うことを聞くと思ったら大間違いだぞ!!」

「じゃあ母さんに連絡しとくわ。『瑛太《えいた》が学校行かないからゲーム捨てといて』ってな」

「こ、この悪魔！　鬼！　人でなし！　クソリア充め爆散しろ！　――お、覚えてろよ！」

「最後私怨《しえん》が混ざってるぞ」

俺は計数十万円に上る数多《あまた》のゲーム機を人質に取られたので、仕方なく朝ご飯が置いてあるダイニングテーブルに座り、焼くのも面倒なのでそのまま食パンに食らいついた。

まぁ焼いてなくても普通に美味《うま》いな……なんてぼんやり思う俺を、対面からジーッと見てくる輩がいた。

「おいなんだよ瑞稀《みずき》。幾ら俺がイケメンだからって、お兄ちゃんである俺に惚《ほ》れたりすんなよ」

「……あぁ、お兄ちゃん、朝だから寝ぼけてるんだね！　普段のお兄ちゃんがそんな超絶キモいこと言わないし！　あと、お兄ちゃんがイケメンは調子乗りすぎだからね」

「おっと、寝ぼけてなくてもポンコツな奴が好き勝手言ってくれるじゃん。この前母さんのイヤリングぶっ壊したことチクってやろうか？」

「お兄ちゃんってイケメンだよね！　この前友達も言ってたよ！」

俺の脅しに速攻で屈し、取ってつけたように三下のような笑みを浮かべて煽《おだ》ててくるこの少女は、我が妹の瑞稀。

超絶というわけではないけれど、それなりに整った容姿を持っているのだが……如何せんお調子者＆美少女が大好きなせいで彼氏が出来ない残念な奴。

まぁそれでも妹なのでそれなりに可愛いのだが……それより大事なことが聞こえた気が

する。

「瑞稀、その友達について詳しく」

「お兄ちゃん、相手は私と同じ中三だよ？　もしかして……」

「それ以上は言うな。俺はただ、今まで他人に言われたことないから舞い上がってただけだからな？　勘違いすんなよ。そもそもお前だって生粋の美少女――」

「それ以上はダメ」

俺が机に肘《ひじ》を置いて頬杖《ほおづえ》を突けば……瑞稀が冷たい瞳を向けてくる。

こいつ、普段は俺と大して変わらんくせに、こういう時だけ一丁前に蔑《さげす》んでくるのは一体どういうことなんだろうか。

なんて睨《にら》み合う俺達だったが……兄貴がポツリと零した言葉に急展開を迎える。

「――お前らもう行く時間過ぎてるじゃん。遅刻したら母さんキレるぞー」

「「行ってきます!!」」

俺達は素早く歯磨きを終わらせて玄関を飛び出した。

――のだが、駆け出す瑞稀の背中を眺めつつ、全く動かない足に視線を落としたのち、小さく呟《つぶや》いた。

「……拒絶反応出てるんですけど」

その理由は明白。学校でどんな噂が飛び交っているか不安でしょうがないこと、ただそれだけである。

「うーん……ダルい、ダルすぎる。ムキになって告白したけど、ここまでになるくらいなら告白なんてしなきゃよかったな」

しかし、家を出たからには学校に――別に学校行かなくていいか。

今まで一日も休んでないし、たった一日くらいなら母さんも許してくれるだろう。

許して貰えないと俺の全ゲームが死ぬという一種の賭《か》けだが……学校で笑いものになるくらいならいくらでもゲームを捨てるぞ俺は。

――ということで、今日は学校をズル休みしてゲーセンに行くことにした。

善は急げというし、俺は早速学校への道を回れ右して娯楽の多い、学校とは真反対の電車の駅へと向かう。ヤバい、皆んなが授業受けてる最中に遊ぶってちょっとドキドキする。

「んー……やっぱり行くならイ◯ンモールのゲーセンだよな」

「ん、私もそう思う」

「よな、やっぱ何かと迷ったらそ……こ……んあ？　――えっと、何故に此処《ここ》に始良《あいら》さんが……？」

突然何者かに同調され、反射的に言葉を返すも……何やらつい最近聞いたことある声が聞こえた気がして、思わず声の方に顔を向ける――と同時に目を見開いた。

何と真後ろに、相変わらずボーッとした様な顔で立っている制服姿の始良柚《ゆず》の姿があるではないか。

あまりに予想外な邂逅《かいこう》にビックリして固まってしまう俺だったが、始良は相変わらずぴくりとも表情を変えることなく口を開いた。

「ん、止まるな」

「あ、はい――じゃないっ！　え、俺についてくるの？」

「ん」

「あ、そうですか……」

　いつの間に確定事項に……と思わないこともないが、これ以上姶良と話しても意味なさそうなので説得を諦《あきら》め、彼女を連れて駅に向かうと、そのまま切符を買って奇跡的に一瞬で来た電車に乗る。

　勿論《もちろん》その間も、電車の中でも俺達の間に会話はない。ある筈《はず》がない。

　いや先週の金曜日に告白して振られたばっかりだぞ!?　何でこんな傷心（七割完治）の俺と一緒にゲーセン行こうと思うんだよ……明らかに人選ミスってるだろって。

　よし、今からでも彼女には学校に行ってもらうことにしよう。

　そうすれば平日のクソ午前中にゲーセンに居ても多少注目度合いは減るはずだ。うん、それがいい。

　思い立ったが吉日とも言うので、早速姶良の説得を……。

「あ、あの、姶良さん――って寝てるんかーい。無防備すぎやぞコラ」

　窓に寄り掛かりつつ、気持ちよさげに眠る姶良に俺がツッコミを入れていると、いつの間にか目的地を告げる車掌の声が聞こえてきた。

その声で姶良が起床する。

彼女は最初何度か眠たそうに目をしばたたかせて辺りを見回すと。

「……ん、おはよう」

俺が視界に入ったらしく、小さく欠伸《あくび》をしながら言った。

ただ、此方《こちら》としても言っておかねば。

「おはようじゃねーんですわ。彼氏でもない……ほぼ初対面の男の前で無防備に寝る美少女が何処にいるんだよ」

「……？　此処に居る」

「…………あーよし、取り敢えず降りようか」

俺は全く意味の分かってなさそうな姶良を説得するのを諦めて電車を降りる。

あそこで説得というか注意しても、結局分かって貰えず降り損ねるだけだろう。一駅でも降り損ねたら非常に面倒なことになるのが目に見えている。

——やはり女は何を考えているのか分からない。

今日新しく得た教訓である。

「……何してる？」

「いや……マジで付いてくるんだって思って」

スタスタと駅を出て直ぐ近くのイ〇ンに直行する姶良が、突然止まった俺に訝《いぶか》しげな視線を向けてくる。

「……ん、暇だったから」

「さようですか……」

「ん」

こくんと首肯する始良の様子に、俺も覚悟を決めて歩を進めた。

□

「…………」

「何？　早く入る」

当初の予定通りに俺は始良とゲーセンに来たのだが……入り口の前で止まっていた。

理由は、平日の午前中&制服&男女&女が美少女で普通にモデル体型（胸もそこそこある）というミスマッチのせいで数多な人から注目を浴びているからである。

そんな俺を始良は不思議そうに見ているが……ほぼ全部貴女のせいなんですけどと声を大にして言いたい。いや言う。

「……始良さんのせいでめちゃくちゃ目立ってんのよね」

「ん、何故？」

どこに地雷があるか分からないので細心の注意を払って言ってみたものの……当の本人は本気で意味が分かっていない様子で首を傾げている。マジかよこいつ、メンタル強すぎるだろ。

そんな鬼メンタルで何処か抜けていそうな彼女に俺は大きなため息《いき》を吐いた。

「確認だけど……自分が異性にモテることは自覚してる？」

「ん、えーたに告白された」

「し、下の名前……ふっ――って違う！」

くっ……一瞬物凄《ものすご》く嬉《うれ》しいと思ってしまった俺を殴ってやりたい。

「んんッ!! それは忘れてくれ……兎に角！ 姶良さんは、沢山の男子にモテる程の美少女なの。だから目立つわけよ」

「えーた面倒」

「ぐはっ⁉」

じょ、女子に面倒って……ヤバい死ぬ。ショック過ぎて余裕で死ねるぞ。寧ろ今から屋上から飛び降りようかな……絶対しないけど。

「ん、行こ」

「あっ、ちょっ――それはエグいって！」

俺が多大なダメージを食らって心臓を押さえていると、痺《しび》れを切らしたらしい姶良が俺の手を引いてズカズカとゲーセンに入って行く。

同時に周りから――殆《ほとん》ど男性からの――物凄く嫉妬《しっと》の目を向けられた。

や、やめろよ……そんな目で俺を見ないでくれよ……普通に怖いから。彼女とは付き合ってないどころか、つい先日フラれたばかりなんだよ……！　この美少女の距離感が明らかにバグっているだけなんだ！

しかし、当たり前だが俺の心からの叫びは周りの人間どころか姶良にも届くことなく、俺はさながら連行される犯人の様にゲーセンの中に入る。

一、二週間ぶりのゲームセンターは、平日だというのにそれなりに人がいて——主に大学生から中年くらいだが——相変わらず喧騒《けんそう》に包まれていた。

そんな中、姶良は他のモノに見向きもせず、一直線に猫のぬいぐるみが景品のクレーンゲーム台に歩いて行く。

もちろん手を引かれている俺も一緒に。

「——これ、やる」

「これ……結構難しそうだぞ？」

「ん、余裕」

キラキラした瞳《ひとみ》で猫のぬいぐるみを見つめたまま、謎の自信を醸し出す姶良。

ただ、俺が見くびっているだけで本当に上手いのかもしれない。

——なんてことはなかった。

「——ん！」

「お、おい、それ以上はやめた方が……」

「やだ。絶対取る」

俺は、既に同じ台で千円を溶かし……尚且つ全く惜しくもないし戦略もクソもないハチャメチャな取り方をする始良を止めようとしたが、彼女は意固地になって新たな百円を投下した。

「次は、取れるっ！」

「いや無理だから。もう既にミスってるから」

「――っ！」

始良は、この世の終わりの様な表情で猫のぬいぐるみに触れもしないクレーンを見ながら無言で台パンする。

不覚にもその姿は可愛かったが……これだけやって惜しくも無いという状況に流石に可哀想になったので、仕方なく俺が百円を入れると。

「⁉　……何で？」

始良が驚いた様に俺を見る。

「まぁ少し任せなさい。巷《ちまた》で『ゲーセン泣かせのクレーンゲーマー』と呼ばれてた俺の力を見せてやろう」

嘘です、ただカッコつけただけです。何なら、ずっと昔から『クレーンゲームで取るより買う方が安い』と豪語してました。

しかし、任せなと言ってしまった手前、何としても取らなければ。失敗したら普通にダサいし最悪殺されるかもしれん。

俺は緊張に手を少し震わせながら、横からクレーンとぬいぐるみを見て、前後に進むボタンを押す。

彼女が千円かけて動かしてくれたお陰で、落とし口に近付いているので、ワンチャン取れるかもしれない。

俺はうろ覚えの知識で、猫の首にあるタグ目掛けて二本爪の片方を突き刺す。すると美少女が側にいるお陰か、片方の爪が奇跡的にタグにすっぽり入った。

「おお！」

「ん！」

思わず俺達は驚きと歓喜の入り混じった声を上げる。

更に、幸運の女神が俺に微笑んでくれたのか、そのままタグがアームに引っ掛かって、上に上がった時の『ガタンッ』という衝撃で、奇跡的に落とし口に落ちた。

「おおおお!!」

「す、凄《すご》い……！」

興奮冷めやらぬ状態のまま俺は取り出し口から猫のぬいぐるみを取り出すと……同じく興奮した様子の始良に渡した。

すると始良はキョトンとした後、俺にぬいぐるみを返そうとしてくる。

「取ったの、えーた」

「いや、俺いらないいし。それに俺『ゲーセン泣かせのクレーンゲーマー』だからあと三つくらい余裕で取れるし」

もちろん余裕なわけないが、俺は本当にいらないので拒否。

そんな俺の言葉を聞いて、姶良は少し目を大きくすると――。


「……ん、ありがと」


少し口角を上げながらぬいぐるみを抱き締めた。

そんな彼女の表情に俺は不覚にも見惚《みと》れてしまい、それがバレないように素知らぬ顔で口を開く。

「な、何かっ――何か他にもやりたいことはある？」

思いっ切り声が上擦ったんですけど。超絶恥ずかしいんですけど！

なんて羞恥《しゅうち》で顔を隠したくなる俺など全く気にした様子もない姶良は、

「……次は、アレやりたい」

「ん？　あぁ、定番よな」

ぬいぐるみを持って帰るための袋を店員さんに貰《もら》ったのち、キョロキョロ辺りに視線を巡らせて――大人気リズムゲームの一つ、太○の達人を指差した。

太○の達人を知らない人間など存在するだろうか、いやいない。思わず授業で習った反語が出てしまうが、それほどまでに大人気なリズムゲームだ。

もちろん小さい子でも遊べるように沢山難易度があるが……めちゃくちゃ難しいヤツだと、もはや人間には出来んだろってレベルの譜面がうじゃうじゃ出てくる。

自分じゃ絶対出来ないしイライラしそうだからやんないけど……上手い人のを見るのは楽しいんよな。素直にすげーって思うわ。

「よし、あんまやったことないけどやってみるか！　絶対勝ってやる！」

「……ん、負けない」

俺達は小学生のように対抗心を燃やして台の前を陣取る。

そこからお金を入れて曲を選び、いざスタートすると……文字通り俺と彼女とでは腕の動きが別次元だった。

何か俺がアタフタする横で、始良が人間離れしたバチ捌《さば》きでコンボを決めている時は、『こいつの腕って実はムキムキなの？』って譜面そっちのけで腕をガン見してしまうほどにはレベル差があった。

「…………何だよ、初心者で鬼を軽々クリアする奴に勝てるわけ無いやん。しかもマイバチじゃないのに一ミスってどういうことなん」

「……何か、ごめん」

それはもう当たり前過ぎるが、ものの見事にボコボコにされた。完膚なきまでに三連敗を喫したのである。

ただでさえ大してやったことがないのに、いきなり初っ端から難易度鬼をクリアできるわけがない。

上にあるゲージは始良が虹色《にじいろ》にキラキラと光っているのに対して、俺の方のは最初から一ミリたりとも動いてない。

俺は悲惨な結果にそっと台から目を逸らすと。

「……よし、別のゲームやろう。こうなったら勝つまで俺は帰らないから！」

「……」

「あの、その『はぁ……何て我儘《わがまま》なんだか……でも仕方ない、付き合ってやるか』みたいな顔しないでくれない？」

別の台を指差して仰々しく宣言する俺に、始良は呆《あき》れたような馬鹿なことをしている小学生をみるような……そんな表情をしていた。

「……ん、仕方ない、付き合ってやる」

「そのまま言わなくてもよくない？」

そんな感じで俺の勝つまで帰れないチャレンジがスタートし……。


――勝てたのは、その二時間後だった。

幕間1　始良柚は待ち遠しい

『——今日、楽しかった』

私——始良柚《あいらゆず》は、その言葉をえーたに告げてから家に帰った。

本当は今日も学校だったが……それを完全に忘れてしまうほどに楽しかった。

まぁえーたは結局勝ってからも吹っ切れたかの如く遊び尽くし……帰りにスマホに電話が来て……。

『あぁ、俺のゲームがお亡くなりになった訃報《ふほう》か……今頃棺桶《かんおけ》にでも入ってるんだろうな、ゴミ箱っていう棺桶に……。ははっ……はぁ……』

と乾いた笑いと共に嘆いていたが……うん、自業自得だと思う。

因みに私は、優等生というわけではないし、既にゲーム配信でそこらのサラリーマンの五倍くらいお金を稼いでいる。なので、一日学校を休んだ程度で家族に何か言われることもない。この世はやはり大抵のことはお金が解決してくれる。貯金あって良かった。

「ん……気持ちいい」

なんて浅ましい考えはそこそこに、私はベッドでえーたに取ってもらった猫のぬいぐるみを抱き締める。

このぬいぐるみは、私が初めて他人に貰った物でもある。何の変哲もないクレーンゲームの景品だが……えーたは、私が千円掛けても取れる気がしなかった物を僅《わず》か百円で取ってしまった。

その時に『まぁ少し任せなさい。巷で「ゲーセン泣かせのクレーンゲーマー」と呼ばれてた俺の力を見せてやろう』などと痛い名前を名乗っていたが、その後やけにソワソワしてたし、私を見る目が泳いでいたから、恐らく私と同じ初心者なんだと思う。

でも、私のために取ってくれたことに変わりない。

正直言って私のために頑張ってくれたことに、ちょっと嬉《うれ》しかったのも事実。

「……変な人」

初めてえーたと話したのは先週の金曜日。

彼が私に告白してきた。

しかし――何十回と告白されている私だから、彼が本気で告白しに来た訳ではないと気付いていた。

緊張していた様だが、それだけ。

彼からは微塵《みじん》も必死さが伝わって来ないどころか、今までで一番適当に返事したのに、まるで分かっていたかの様にあっさりと帰してくれた。

その時は少し拍子抜けしたが、同時に深く印象に残った。

それに、巷の噂ではその後に私以上に告白されている姫野芽衣《ひめのめい》にも告白したとか。

えーたは、特定の好きな人がいない様に思える。というか彼女が欲しいのかすら怪しい。

まぁ私からしてみれば、相手が自分のことを好きではないと分かった方が接しやすい。

だから登校中に偶々見つけた彼について行った。

それで分かったことだが――えーたは意外と相手への気遣いが出来る男子らしい。

先程のクレーンゲームもそうだが、電車で私が寝ていたら注意してくれるし、常に私が車道側にならない様に歩いていた。

ゲーセンの時も、私が口に出さなくても目線だけで何がやりたいのか大体把握していたように思える。だって、私が目線を向けた瞬間に、そのゲームをやろうと言っていたし。

そして、彼といると気分がいい。

感情があまり表に出ない私は、誰かと遊ぶと、相手はつまらなそうに、もしくは気まずそうにする。それを見て私も気分を落とすという負の連鎖に陥るわけだ。

しかしえーたは、初めこそ気まずそうにしていたが、途中からは私に遠慮なく物を言っていた。

それが私にとって、とても印象的で、初めてのことで嬉しかった。

つまり――えーたは、私の中で一番好感度が高い。

ただ、最後にやった、私が一番得意だと自負していたゲームで三タテを食らったのは死ぬほど悔しかった。ここ最近は負け無しだったのもあって、中々に衝撃的だった。

「ん、明日《あした》も楽しみ」

明日もえーたに構ってあげよう。

多分驚くだろうけど、それはそれでえーたの反応がどんな感じなのか楽しみで仕方ない。

ついでに負けた仕返しに色々と意地悪してやってもいい。分からないけど、彼なら良い反応をしてくれる気がする。

あ、今度は私からゲーセンに誘ってみようか？

次こそは絶対に勝ってみせる。ゲーマーの端くれとして、負けたままでいるなんて有り得ない。

それとは別に、色んな所に連れ回してみよう。

ついでに幾つかゲームもあげた方がいいかもしれない。

今頃壊れたゲームがゴミ箱に入っているのを見て、泣いている気がするから。私も一応片棒を担いでいるわけだし……何もしないのは寝覚めが悪いし、ぬいぐるみのお礼もしたいし。

まぁとにかく。


「覚悟しとけ、えーた」

私は――人生で初めて、学校に行くのが少し待ち遠しくなった。

第2話　高嶺の花も楽じゃない!!

――次の日の朝。

俺は昨日とは一転して……さながらゾンビの如くふらふら足元がおぼつかないといった感じで登校していた。

もちろん目元に濃い隈《くま》が出来るほど寝不足なのもあるが……。

「くそぉ……何でガチでゲーム全部ぶっ壊してんだよ……それはないだろぉ……」

昨日、俺の愛するゲーム機もカセットも何もかもが、全部真っ二つにされてゴミ箱に捨てられていたのが一番の原因だ。

あの時は流石の俺も、驚きと絶望で意識が遠のいて気絶しかけたね。

それでその後過去一の親子《おやこ》喧嘩《げんか》で普通にバトった。まぁ俺がボコボコにされたけど。高校生男子に勝てる母親はゴリラか何かかな？

そんな失意の中、俺はふと見覚えのあるカップルを見つけた。

まぁ告白したのは俺なのだが……そのキッカケを作ったあの自慢したがりの友達の一人である和樹《かずき》とその彼女が手を繋《つな》いでイチャイチャしているのである。その真ん中に入って繋いでいる手に手刀をお見舞いしてやりたい。

「あ、あのクソリア充共め……公共の場でイチャイチャすんなよ。この前フラれたせいか物凄《ものすご》く腹立つんですけど」

「ん、同意見。家でやれ」

「やっぱりそう思うよなぁ！　しかも友達で唯一の非リアである俺の目の前……で………もうビビらないぞ」

「ん、おはよ」

しれっと俺の隣に立ってナチュラルに会話に入り込んできた姶良《あいら》が、相変わらずぼーっとした様子で挨拶《あいさつ》してくる。

何で此処《ここ》にいるのだろうか……と思うが、多分訊《き》いても答えは返ってきそうにないので、諦《あきら》めてあのリア充こと和樹を早足で追い抜かして先に進む。

すると若干息を切らした姶良が相変わらずの無表情で口を開いた。

「ん、速い。私、女」

「だから待てと？」

「違う。もう少し、ゆっくり」

ええ……真後ろにリア充共が居るんですけど……普通に姶良と一緒にいるのがバレたくないから逃げたいんですけど。バレたら弄られるどころの話で済まない気がするし。

ただ、どうせ言いくるめられる気がするので、俺は仕方なく姶良の歩幅に合わせて僅かに速度を緩める。

するとと、姶良が納得したようにうんうんと頷《うなず》く。

「ん、よき」

「めちゃくちゃ上からだなおい」

「私、えーたより、ゲーム上手い」

「ぐ……」

姶良が無表情ながら胸を張ってドヤる。対照的に俺は、実際に昨日様々な種類のゲームで一回以外フルボッコにされたので何も言い返せず歯噛《はが》みする他ない。

「ん、私が上」

「たかが昨日ゲーセンで全勝したくらいでいい気になるなよ！　俺だって自前のゲームなら負けないわ！」

「あるの？」

「…………」

き、昨日全部ぶっ壊されたんだよな……ああ……折角忘れてたのに自分から思い出してしまうなんて……。

なんて歩きながらも肩を落として本気で落ち込んでいると。

「今度、格安で売ってあげる」

「おおマジか!?　因みに何があるんだ？」

「Sw○tch、P○5、S○S、ゲーミングパソコン」

「全部あるのかよくださいお願いします！」

「ん、全部二千円でよき」

「おお……貴女は神であったか……」

「ん、もっと、崇めろ」

「ありがとうございます始良様ー!!」

仕方がないといった風に俺の肩に手を置いて言う始良に、俺は神様を崇めるかの如き瞳《ひとみ》を向ける。

よし、そのうち始良教でも作るか。教祖は俺で、崇めるのは始良柚《ゆず》様……おっと、めちゃくちゃ流行《はや》るな。多分学校の男子の八割くらいは入信間違いなしだろ。

俺がそんな心底くだらないことを考えていると、ふと自分に向く周りの視線がいつもより多いことに気が付いた。

同時に先週の金曜日にしでかした一件を思い出して即座に合点。

こーれ、完全に俺のせいですわ。

「ねぇ、アレって始良さんと姫野《ひめの》さんに同じ日に告白してフラれた奴でしょ？　何で始良さんと一緒に居るんだろう？」

俺の斜め前を歩いていた同じ高校の女子二人が、俺を指差してコソコソと言う。

いやちょっと待ってくれよ、俺のことをアレ呼ばわりするなアレと。そんなボロクソにいつまんない人生だけども。俺だって必死に生きてんだぞ、踏《ふ》んだり蹴《け》ったりで良いこと無いつまんない人生だけども。

「あ、そうだね。と言うか一日で二人の女子に告るとか有り得なくない？　と言うかフラれてるのに付き纏《まと》うとかキモいね」

「確かにー！」

……貶されても文句言えねぇわ。

確かに傍《はた》から見ればただの軟派な奴で、この状況も彼女に付き纏う痛い奴でしかないのだろう。

でも一つだけ、一つだけ訂正させて欲しい。

俺が付き纏ってるんじゃなくて、俺が付き纏われている側です。

なんて言いたいが、どうせ言ったところで信じてもらえないので、小さくため息を吐いてトボトボと歩みを進める。

「……着々と広まってるなぁ……悪い方に。もう帰りたいよ……」

「帰るな。私、暇」

「いやそんなの知らな――」

「ゲーム」

「よし、今日一日頑張るか！」

俺は隣の美少女に脅されつつ、周りからの様々な視線に耐え、辛いであろう一日に心を砕かれながら学校へと登校する羽目になるのだった。

　因みに姶良は隣で、俺をボロクソ言ってた女子達を何故かジッと見つめていた。

「……ん、とても不快」

□

「――これ全部、化学室に運んでくれ」

「………俺のライフはもうボロボロなんですけど。帰ってふて寝をしないといけないのですけど」

「そんなことは知らん。噂は聞いたぞ？　……あれは百パーセントお前が悪い」

　帰りのＨＲ《ホームルーム》が終わると同時に担任である――湯崎《ゆざき》に職員室に呼び出されたかと思えば、雑用を命じられた。

　そんな湯崎先生の机には、何クラス分かも分からない大量の教科書のような物が束になって山積みになっており……これを全部一人で運ぶとなると相当な時間が掛かると思われる。

　よって、流石の俺もこのクソ面倒で不当な扱いに無言で従うわけにはいかない。

「先生、何で俺なんですか？　他にもたくさんいるでしょう？　神山《かみやま》とか神山とか神山とか！　なので俺は帰らせてもらいますね」

「お前の神山への信頼度の高さは理解しかねるが…………──お前、昨日サボったろ？」

……おっと、一気に形勢逆転されたんだけど。

「……な、何のことでしょうか……？」

「昨日、お前の親御さんから電話があったぞ？　ウチの子はちゃんと学校に行ってますかってな」

これは……ウチの兄貴の仕業ですね。昨日ゲーム機を壊されたのも含めて、全部兄貴が母さんにチクったせいだ。いつか必ず復讐《ふくしゅう》してやる。

なんて復讐に燃える俺の肩にポンッと手を置いた湯崎先生が、にこやかなのに威圧感を覚える笑みを浮かべて言った。

「やってくれるよな？」

「い、いや、しかしですね……」

「──内申に響くと思うんだが……」

「是非ともやらせていただきます！」

こうして俺は呆気《あっけ》なく教師の権力に負け、放課後居残り一時間コースに突入し──。

「…………やっと終わりか……」

本当に一時間程の時間を掛けて、何とか全てを化学室に運び終わった。

既に陽は傾いており、茜色《あかねいろ》の太陽の光が化学室を照らし……俺が死んだような顔でいるのも相まって、何か物凄い悲愴感を醸し出していた。

「これを一人でやらせるとか、先生は俺を自分の手駒かなんかと思ってんのか」

フラフラと化学室を出て廊下を歩きながら、俺は忌々しげに呟《つぶや》く。

教科書が重いのも然ることながら、意外と職員室と化学室は離れているので、帰宅部のゲーマー男子たる俺には大分荷が重く、もう腕も足もパンパンである。

「帰ったらもう寝るぞ、俺は。ゲームも課題もしてられん……あ、ゲームはないんだったな……」

ヤバい、物凄くネガティブ思考になってるぞ俺。これが更に悪化したら社畜脳と呼ばれる領域に辿《たど》り着《つ》くのだろうか……うわっ、将来は働きたくないな。

なんてニートまっしぐらみたいな思考に陥っている俺が、校舎裏とグラウンドを隔てる外廊下にさしかかった辺りで、

「――俺は貴女が好きです。付き合ってください」

俺の耳に、酷く甘酸っぱい告白をする男の声が聞こえてきた。

DMやL〇NEで告白するのが主流となった今の時代に、そんな青春っぽい声が聞こえるとは珍しい。恋愛漫画にでも影響されたのかな？　俺と気が合いそう。

悪いと思いながらも気になった俺は、ゾンビさながらの緩慢な動きで声のした方に顔を向ける。

そんな俺の目に映ったのは――。

「……ごめんなさいっ、南雲《なぐも》君。私は……貴方《あなた》とは付き合えません」

つい先日、俺が大変なご迷惑をお掛けしたお方――姫野芽衣《めい》さんと、学年でも有名なイケメンで、俺が真の陽キャだと思っている神山朝陽《あさひ》とキャプテンの座を競い合っているらしいバスケ部の南雲……何とか君。

そんなイケメンの彼が、学年一、二を競い合う美少女である姫野にフラれたのだ。

俺と同じく一ミリも可能性を残さずフラれたのである。

ヤバい、今までの疲れが抜けて超スッキリした気がする。やっぱこの世界、顔だけで何とかなる世界じゃないんだなってちょっと自信が出てきたわ。

因みに先程気が合いそうとか言ったが……アレは前言撤回で。こんないけ好かない人生イージーモードっぽいイケメンと気が合うわけねぇだろうが。学校中で視線に突き刺されてから出直してこい。

そんな八つ当たりとクズみたいな思考回路をしたゴミ観客である俺を措《お》いて、二人の話は進んでいく。

「……どうして無理なのか教えてもらってもいいか？」

「えっと……貴方のことが異性として好き、というわけではないからです。それでは、私はこれで……」

おっと、只今《ただいま》姫野からの超絶クリティカルな即死級の一撃がイケメン南雲君に命中致しました。これは大ダメージ間違いないでしょう。

しかし俺の予想に反して意外にも心が折れてないらしい南雲の奴が、帰ろうとする姫野の腕を摑《つか》んで必死な形相で捲《まく》し立《た》てる。

「ま、待ってくれ！　なら、お試しってのはどうだ⁉　もしかしたら芽衣が俺のことを異性として好きになるかもしれないだろう⁉」

「……っ、痛いです、やめてください！　それに……乱暴をするような方とはお試しでも付き合うことは絶対にありません……！」

そう不快感を露わにした姫野が決定的な拒絶の言葉を告げ、南雲の手を振り払って戻ろうとするも……。

「クソッ！　何でお前は頷《うなず》かないんだよッ！　こうなったら無理矢理に──」

「きゃっ⁉」

逆上した南雲が憤怒の表情で姫野の両手を摑み、何かしようとした所で──。

「──ぶわはははははっ‼　コイツ、マジでダセーっ！　フラれたからってブチギレるとか情けなさ過ぎるんですけどーっ‼」

流石にこれ以上は見てられないと思った俺が、ビビっていることを隠すように南雲を指差して大爆笑しながら、物陰から現れる。

突然の乱入者の登場に、南雲も姫野も驚いた様子で此方《こちら》に顔を向けた。

「お、お前は……佐々木《ささき》ッ!! どうしてお前がここにいるんだよ！」

「ヒーッ、く、苦しい！ 何だよその顔……ブフー！ や、やめろって！ その顔はツボなんですけど！」

「佐々木ぃぃぃぃ……!!」

「そんな怒んなって……ブフッ、いや、悪い悪い。何か恋愛人生イージーモードっぽいイケメン様がこっぴどくフラれたかと思ったら……随分と強引な手に出てたから、情けなさ過ぎて笑いが堪えきれなかったわ」

俺が必死に笑いを堪えながら言えば、怒りか羞恥《しゅうち》かは定かではないが、南雲が顔を真っ赤にする。温泉にでも浸かってた？

なんて戯言は他所《よそ》に、茹《ゆ》でダコのように真っ赤な彼に、俺はうんうんと頷いた。

「いや傷付いたのは分かるよ、俺もフラれたし。でも強引な手に出るのはどうかと俺は思うのよ。てかお前は光速の速度でフラれたことあるか？」

「は、は……？ な、何を言ってんだ？」

「やっぱないよな、その顔だもの。こちとら告白してもはや言い終わるより先くらいにお断りのお言葉を貰《もら》ったんだぞ。それに比べたら今のお前なんて大分良い方じゃんか」

因みに俺のことを秒速でフったのは姶良である。

まぁそのせいかお陰か知らんけど、全く心に傷は負わなかったけどね。傷つく暇もなくフラれたわけだし。だからね、姫野さん。そんな申し訳無さそうな顔をしなくてもいいのよ。申し訳なさそうにされる方が何か自分が惨めになってくから。

俺が過去を思い出して自分が可哀想になっていると。

「……さっさと消えろよ、今すぐ。さもないと、学校に居れなくなるくらいの噂を流してやる。俺の交友関係を見くびるなよ」

表情を一転させてあくどい笑みを浮かべた南雲が脅してくるではないか。しかも地味にマジで実現しそうなことを言ってくる辺りタチが悪い。

流石の俺もドン引きである。

「ええ……そんな三下みたいな……兄貴を相手にした俺みたいで情けないぞ」

「う、五月蝿《うるさ》いッ!!　広められたくなかったらとっとと消えろよ!!」

「——やれば良いじゃん」

「…………は？」

「さ、佐々木君!?」

目を逸らさず何てことない風に答えた俺に、南雲が素《す》っ頓狂《とんきょう》な声を漏らして呆気に取られたように口を半開きにし、姫野が驚いた様子で俺の名前を呼ぶ。

「お、お前自分が何を言っているか分かってんのか……？」

「もちろん分かってるよ？　アンタだって知ってるでしょ、一日で姶良と姫野に告《こく》ったクズ男がいるって。そしてそれが俺だってことも。だから……今更悪評をばら撒《ま》かれるくらいどうってことないんだよなぁ……」

それに今回は俺はもちろん、コイツよりよっぽど人望がある姫野がいるのだ。正直全くもって負ける気がしない。さながら今の俺は虎の威を借る狐である。

「ってことで、圧倒的不利なのお前だけど……どうする？」

俺がニヤニヤとあくどい笑みを浮かべて言えば……南雲はグッと苦虫《にがむし》を噛《か》み潰《つぶ》したかのような表情で俺を睨《にら》むと。

「…………チッ、絶対この事は誰にも話すなよ!!」

「いや話すも何も――って足速っ!?」

さ、流石バスケ部だなぁ……あんな性格だけど部活は真面目にしてんのかな？

なんて心底下らないことを考えている俺だったが、展開の速さに全くついていけずにポカンと口を半開きにしている姫野の姿に気付き、慌てて指摘する。

「姫野さん!?　駄目だよその顔は！　えーっと……何と言うか、何か美少女がしちゃいけない顔してるよ！　…………姫野さーん？」

「……はっ、あ、えっと……」

意識を取り戻したらしい姫野がキョロキョロと辺りを見回したのち、俺を見て気まずそうに目を逸らした。傷付くて。

いやまぁついこの前振った相手が目の前にいたらそりゃそうなるか。多分俺だったら『では』とか言って逃げ出しそう。まぁ告白なんざされたことないんですけどね。

「あ、た、助けてくださりありがとうございました」

自分で傷を抉《えぐ》っていくスタイルでハハッと乾いた笑みを零す俺に、姫野が律儀にも頭を下げてお礼を言ってくるが……隠れて見ていた手前、罪悪感が勝った。

「あー、いや、別にお礼を言われるほどのことじゃ……」

「謙遜《けんそん》する必要はありませんよ。もし佐々木君が間に入ってくださらなかったら、今頃私はどうなっていたか分かりません。だから、ありがとうございます」

そう確かな意思を瞳《ひとみ》に宿しつつ、優しげにはにかむ姫野の姿に、彼女が男女ともに大人気な理由が少し分かった気がした。

ただ感心するのも程々に、中々真正面からどころか普通にもお礼を言われる機会がない俺は、僅《わず》かに赤くなっているであろう顔を隠すようにガシガシと頭をかいた。

「……おあいこってことで」

「え？」

「俺が告ったせいで姫野さんも大変な目に遭ってそうだから、今回はそれの御詫《わ》びってことで、どう……ですか？」

何か途中から自分でも何を言っているのか分からなくなって取って付けたように敬語が出てしまったが、まぁ碌《ろく》に女子と話したことない俺にしては及第点だろう。良く頑張ったな俺。

「いやまぁ何が言いたいかっていうと……別に気にしないで良いってことです。それじゃあ俺は担任に仕事を任されてるんでこれで！」

どれだけ取り繕おうと気まずさは変わらないので、さっさと撤退するが吉。そんな思考の下、俺は適当な理由を付けて足早にその場を離れるのだった。

幕間2　姫野芽衣は考えを改める

「……不思議な人だなぁ」

私――姫野芽衣《ひめのめい》は、嵐のように現れては私を助けるだけ助けて、再び嵐のようにどこかに去って行った男子生徒のことを思ってポツリと呟く。

既に彼の姿は何処にも見えない。慌てて何処かに行ったから……何か用事でもあったのかもしれない。

彼が去ってから辺りには静寂が広がっており、なぜだか少し肌寒く感じた。

「……どうして貴方は私を助けたの……？」

ハッキリ言って、私と彼、佐々木《ささき》君の関係性はけっして良いものとは言い難い。

――私がフッて、彼がフラれた……そんな関係。

しかもそれが何故か皆んなに知られており……至る所で口々に彼を悪く言う言葉や私を気遣う言葉が見受けられる。酷い暴言も否応なしに耳に入る。

私でさえ彼についての悪口を沢山聞くのだから、張本人である佐々木君ともなれば、耳にする悪口の数は物凄《ものすご》いものだろう。

だから、彼からすれば私とは関わり合いたくないはずだ。

そもそもフラれたということで気まずいだろうし、噂が広まっているのが私のせいかもしれないという疑惑を彼が持っていたとしても仕方のないことなのだから。

もちろん私は誰にも言っていない。

人の告白を振った身でそんな最低なことをするなんてあり得ない。彼は私に嫌なことは何一つしていないのだから尚更だ。

「……凄かったな……」

そんな疑心暗鬼になっていてもおかしくない中で、彼は私を助けてくれた。私に何を願うわけでもなく、あくまで自分が告白したことで迷惑を掛けた御詫びだと言う。

素直に格好いいな、と思った。異性としてではなく、人として。

助け方は中々にクセのあるモノだったけれど……結果として誰も必要以上に傷付けることなく最小限で済ませてしまった。助け方は本当にクセの塊みたいなモノだったが。

「……少し、誤解してたかも」

一日に二人に告白する人だから、言い方は悪いが……相当女の敵でちゃらんぽらんな人だと勝手に思っていた。噂についても言い過ぎだと思ってはいても、それが決して嘘だとは思っていなかった。

だが、今日改めて見て……噂とはやはり鵜呑《うの》みにしてはいけないと思った。

だからこそ——部外者でありながら、彼の噂を流した人が許せない。

そして――それを簡単に信じてしまった自分も。

「……噂を流した人、ちょっと探してみようかな」

私は一人小さくギュッと手を握った。

第3話　噂の出処と、二大美少女との共同戦線

昨日、調子に乗って出しゃばったくせに、あまりに気まず過ぎて逃げてしまった。

いや言い訳をさせて欲しい。

今回ばかりは俺に重労働を課したあのクソ教師が悪いと思うんだよ。帰宅部の俺があんなのやって正気を保てるわけ無いじゃん！　普通にあの時は深夜テンションと同じ状況だったわ！

――なんて言い訳タイムはさて置き……。

「なぁ、佐々木《ささき》の奴が姫野《ひめの》と始良《あいら》に告白したってやっぱりマジなんかな？」

「マジなんじゃね？　じゃないとそんな噂でないって」

「だよな。うわぁ～すげぇ……普通に尊敬するわ」

「それな。佐々木のメンタル、俺も欲しいわ」

あのぉ……良い加減、このノリはやめませんか？　もうね、気まずさとか気まずさとか気まずさで俺のメンタルボロボロなんです。

俺への視線は綺麗《きれい》に二分化されており、男子からは若干の尊敬と驚愕《きょうがく》の篭《こも》った視線を

貰い、今みたいに褒め称えられていた。

ただ、頬が引き攣る俺の様子を見た康太《こうた》と和樹《かずき》は、流石俺の友達なだけあって敢えてそっとしてくれている。L○NE ではバカクソに笑われて涙目にされたので、普通に既読無視してる。

そして対する女子はと言うと――。

「佐々木サイテーすぎん？　二人に告白するとか将来絶対浮気《うわき》するじゃん」

「それな～。大体普通よりほんの少し顔がいいだけで、あの二人と付き合えるとか考えてるのマジでウケるんだけど」

「告白される二人が可哀想だわ」

「でもさ、今日もあの姶良さんって一緒に登校してたんでしょ？　一昨日《おととい》は佐々木は兎も角姶良さんも休んでたみたいだし……付き纏《まと》われてるとか？」

「だとしたら姶良さんを助けてあげないと！」

「後で姶良さんの所に行こ」

もうすんごい言われよう。え、今授業中だよね？　普通に泣きたいんだけど。こんなに言われないといけないことしたっけ？　……したね、ごめんなさい。反省してるのでもう言わないでもらってもいいでしょうか……？

そんな男女によって対極の視線を昨日から浴びる中、俺は心をバキボキに折られながらも……これが四時間目で、次は俺の唯一の心休まる時間である昼休憩なことだけを心の支えにして黙々と授業を受ける。

「あー、これがこうでこうで……」

いや先生、こうだけじゃ分かりませんがな。まぁ一ミリも聞いてない俺が悪いんだけど……この状況じゃしょうがないところが多大にあると思うんですよ。自分が告ったせいと言われたら何も言えないんですけど。

なんて授業中にも拘《かか》わらず視線を浴びるせいで、非常にいたたまれない気持ちに苛《さいな》まれていると。

――キーンコーンカーンコーン。

「ん？　もう終わりか。んじゃ後はまた次やるから適当に予習しとけよー」

俺を救う授業終了のチャイムが鳴り響き、相変わらず無気力な担任の言葉と共に授業が終わって学校全体が五月蝿《うるさ》くなり始める。それはもちろん俺も同じことで。

「よし、よし！　や、やっとだ……！　やっと昼休憩だ……！　これで一人で誰の視線にも怯《おび》えずに食べ――何しに来たんですかね？」

何とか四時間目まで耐えた俺は、クラスメイト達の視線から逃げる様に弁当を持って教室を出ようと扉を開けると……まだチャイムが鳴ってそれほど経っていないというのに、扉の目の前に手ぶらの始良が居た。

一七四センチ――低いとは言わせない――の俺より十数センチほど小さい、女子としては僅かに高めの身長の始良は、俺の弁当をジーッと見つめつつ……手を俺の前に出してぴくりとも表情筋を使わず言った。

「ん、弁当忘れた。くれ」

「やだ。お前と関わると碌な事が――」

「――ねぇ、姶良さん。佐々木と関わらない方がいいわよ？　コイツは貴女にフラれた後に直ぐに姫野さんに告白する様な最低な屑《くず》野郎なのよ？」

そう姶良を諭す様に、俺に侮蔑《ぶべつ》の篭った睨みを利かせる、このクラスのスクールカースト最上位のそこそこ美少女&高身長&巨乳と三拍子《さんびようし》揃《そろ》った――西園寺沙耶香《さいおんじさやか》が言った。

因みにこんな言われようだが、関わりは殆《ほとん》どない。お前は俺の何を知ってるのよ、と思わず言いたくなるが……言ったところで変わることもないので無言を貫く。

それにこのクラスでの彼女の影響力は強く、ほぼ全ての女子が彼女の味方であり、口々に賛同の声が上がる。

いや確かに自分でも屑かったと思うよ？　それは紛れもない事実だけどさ、流石にこんなずっと赤の他人に言われ続けたら傷付くじゃん。というか、わざわざ俺の傷を蒸し返してくる方が酷いと思うんですよ俺は。もうフラれたんだから良くないって思う俺は駄目なのかな？

なんて内心では不満たらたらな俺を他所《よそ》に、姶良は理解出来ないといった風に不思議そうな表情で首を傾げた。

「えーた、屑なの？」

「そうよ。だから始良さんも彼に関わらない方がいいわよ。だから此方《こっち》に――」

まるで子供に言い聞かせる様に忠告する西園寺は、始良に手を伸ばすが――ペシッと手を叩《はた》かれた。

そのことに驚く西園寺に、始良がぼーっとした瞳を向けて興味なさそうに言う。

「えーたが屑かは知らない。でも、えーたと関わるのは、私の勝手。外野の女に言われる筋合いはない」

更に始良が重ねる様に『このクラスの女子嫌い』と言い放つと同時に西園寺を含めた殆どの女子の顔色が変わる。何か恐れる様な悪い方に。

しかしそれも仕方ないことだろう。

何せ始良の学校での影響力は、学校のマドンナと呼ばれる姫野と同等で凄《すさ》まじいものである。そんな彼女に『嫌い』と言われたら学校での立場も終わったと同意だ。

……うん、彼女が俺のこと嫌ってなくてよかったって今思ったわ。

俺が心の底からそう思っていると、始良が俺の腕を掴《つか》んだ。

「えーた、行こ」

「お、おう……」

何故かばってくれたのか一向に分からない俺は困惑しながらも、始良に引かれて共に教室を出た。

□

俺の手を引く始良は迷いない足取りで屋上に着くと、辺りを見回して誰もいないことを確認して満足げに頷《うなず》く。

「ここなら、いい。静か」

「……ああ……終わった、詰んだ。これからどんな顔して戻ればいいんだ……」

そんな始良に比べて、俺はこれから教室に帰った時のことを考えて軽く絶望していた。

いや、もう教室いけねぇし居れねぇよ。絶対アイツ等始良に嫌われたの全部俺のせいにするじゃん。いや大方は間違ってはないけど。……その内俺イジメられるんじゃね？

「――うん、完全に詰んでる」

「何が？」

「俺の学校生活」

「何で？」

「正直手を叩いた時はめちゃくちゃスッキリしたし気分爽快《そうかい》だったけどさ、お前のせいでクラスが俺だけヘルモードに変わったんだよ」

「私の行動に、文句言う奴が悪い。それと――」

始良は相変わらず一ミリも表情を変えず、しかし、瞳《ひとみ》に少しだけ拗《す》ねた様な感情を宿して言った。

「私、姶良柚」

「ん？　それがどうしたんだ？」

彼女は一体何が言いたいのだろうか？　今更自己紹介は遅くない？

ただ、俺が思っていたのと、彼女が言いたかったことは大分違ったらしい。

「お前、違う。私、柚」

「………名前で呼べと？」

「ん、正解」

何と難易度の高いことをさせようとしているのかねこの不思議ちゃんは。普通の女子ならまだしも、アンタみたいな物凄い美少女を名前で呼ぶなんて心臓が張り裂けちゃうって。

なんて思う俺だったが……。

「私はえーたって呼んでる。不公平」

そう少し拗ねた様子で口を尖《とが》らせる彼女の姿に白旗を上げるしかなかった。

「……いいけど、誰かが居るときは『姶良さん』って呼ぶからな？」

「ん、了解」

妥協案を提案する俺に、柚が表情こそ殆ど変わらないものの、グッと親指を立てつつ満足げに頷く。顔以外は情緒豊からしい。

「じゃあ、ゆ、柚……弁当どうするんだ？」

俺が僅《わず》かな緊張に目を逸らしながら手持《ても》ち無沙汰《ぶさた》な柚に問い掛けると――此方にさながら犬が飼い主にするみたいな『お手』の様に手を出しては、俺をぼーっとした瞳で見つめる。

「ん、くれ」

「絶対にやー――」

「ん……」

「勝手に食うなよ馬鹿！」

俺が弁当の蓋《ふた》を開けていたせいか、俺の隙を突いた柚が物凄《ものすご》い速度で弁当に腕を伸ばして唐揚げを掻《か》っ攫《さら》っていった。しかもよりにもよって一番の好物で楽しみにしてた唐揚げを。

「………」

「せめて何か言えよ⁉」

俺の楽しみを奪っておきながら、もぐもぐと無表情&無言で咀嚼《そしゃく》する柚についツッコんでしまう。

不味《まず》かったのだろうか……俺的には渾身《こんしん》の出来なんだが……。

何なら恐らく唯一の救いの時間である昼食くらいはせめて美味《おい》しいものをと、昨日の夜に仕込んで朝の四時から弁当用に作った力作である。これで不味いって言われた日には普通に死ねる。

しかし――俺が危惧《きぐ》したことにはならなかった。

柚はリスのようにもぐもぐしていた唐揚げを飲み込むと、心なしかキラキラした瞳を此方に向けてジッと俺を見てくる。

「……誰？　これ作ったの」

「ん？　一応俺だけど……もしかして不味かったか？」

身内以外の誰かに手料理を食べられたことがない俺が少し不安気に尋ねるも、柚はブンブンと頭を横に振ってグンッと俺の顔に自分の顔を近付けた。

「……美味しかった」

「お、おう……そうか。それはよかった」

ただ顔が近過ぎるので離れてください。思春期男子はお口のニオイ大丈夫かな……なんて気にする年頃なんです。

しかし露骨すぎるのも憚《はばか》られるので、それとなく距離を取るべく移動を開始させた俺に、取った距離を柚が追い込むように再び縮めて口を開く。

「明日《あした》から、弁当、作って」

「え？　俺が、柚のを？　何で？」

「ん。頼んだ」

俺の疑問をフル無視した柚が得意げな表情でグッと両手の親指を上げる。

……何がグッ、なんだろうか？　正直非常に面倒臭いんだけど。

というか、偶に一人分も二人分も変わらないとか言う奴がいるが……それはあくまでレンチンで済む冷凍食品で作る時だけの話だ。

全部自作している俺からすれば、量が二倍になるんだから普通に面倒極まりない。

しかし——さっきボロクソに言われる俺を助けてくれた恩もあるにはあるので、ウンウンと唸《うな》りながら迷っている俺に、彼女がトドメの一言を放った。

「——ゲーム、千円にする」

「お任せください、最高の出来で提供いたします。……あ、でも、偶に作れんかもしれないから、そこんとこはよろしく」

「ん、その時は連絡して」

コクンと頷いた柚はスカートのポケットからスマホを取り出すと、勝手に俺のポケットからスマホを取り出して——パスワードを入力してロックを解除した。

もう一度言おう。

——パスワードを入力してロックを解除した。俺のスマホのロックを俺ではなく柚が。

「んん⁇　少し待て柚さんや」

「⁇」

「いや『⁇』じゃないから。首傾げる所じゃないから。なんで俺のパスワード知ってんの？」

「ん、この前見て覚えた」

「覚えんなよ……」

凄《すご》いでしょ。とでも言う風にむんっと胸を張る柚の姿に、いつの間にか俺のスマホのセキュリティーがガバガバになっていたらしいことに気付いた俺はため息しか出ない。

今日帰ったら一番にパスワードを変えよう。見られたらアウトなのもあるし。男子生徒諸君なら分かるよね、そう正に今想像したやつだよ。

「ん、返す」

「あい――おおおお……‼」

俺は最初こそおざなりな態度で受け取ったものの……自分のL◯NEのトーク画面に『ゆず』という新たな「友だち」の名が表示されていたのを見て思わず声を上げげる。

そんな俺へ追撃するかの如く、柚が自らのスマホの友達の画面を見せながら言う。

「私、男子、初めて」

「⁉」

おいおい……数多《あまた》の男子が喉《のど》から手が出る程欲しがる、姶良柚と「友だち」第一号になったぞ俺！　仮に一人一万で売れれば一瞬で捨てられたゲーム買えるやんか！　……まぁ流石にしないけど。それしたらもう屑《くず》を否定できなくなるもん。

こうして俺は、フラれた相手のL◯NEアカウントを手に入れるという快挙を成し遂げた。

柚に弁当を作ることになり、その後の授業で女子達に死ぬほど痛い視線を浴びに浴びせられまくったのはもはや恒例行事とも言えるだろう。

「「「「「「……………」」」」」」

そんな昨日の出来事は思いの外心にダメージが入り、今日はなるべく教室に居たくなかったので遅刻五分前に来たのだが……教室が南極並みに冷え切っていた。

まぁ実際に南極に行ったことないからあくまで例えでしかないが……兎に角物凄く静まり返っている。怖いくらいに。

「な、なぁ……」

「ごめん話しかけないでくれ俺が視線に刺されて死んでしまう」

「視線に刺される!?　どういう状態!?」

異様過ぎる教室の雰囲気に恐れ慄く俺は、近くの男子に尋ねるも……思いもよらぬ返答に困惑する間もなく、クラスの全員の視線が――あの男子（田中《たなか》君）の言う通り突き刺さった。

なるほど……決して田中君が嘘を言ってたわけじゃなかったんだね。でも、吐血しそうだよ……特に女子達からの怨嗟《えんさ》の視線が痛いって。

男子も殺伐とした様子の女子に竦《すく》み上がっている様で、軽く震えていた。
「フッ……見事なまでに注目の的になっちゃったな。流石俺、どんな時でも目立つおと——ごめんなさい」
キッと視線の圧が何倍にも増したことで反射的に謝った俺は、調子に乗るのをやめて視線から逃れる様に自分の席にそそくさと座る。しかし未だ数多の視線が寄せられていた。
正直物凄く怖くて気まずいので……現実逃避と気分転換を兼ねて、先程柚から来たお怒りL◯NE を返していこうと思う。
《ゆず：何で来なかったの？》
《ゆず：ボッチ登校だった》
《ゆず：（怒りの猫スタンプ）》
ああ……何故か無性に癒されるのは俺だけだろうか？　流石美少女。文面だけで可愛いを表現するとは……お主中々やるのう。
《瑛太《えいた》：すまん。普通にクラスに居たくないから出来るだけ遅く出たわ》
《ゆず：今学校？》
《ゆず：何時？》
《瑛太：八時二十分に出た》
因みに俺の家から学校までは約十五分。だから八時十分に起きても間に合う。
我ながら家に近い高校に入ってよかったと思ってるよ。過去の英断をした俺を手放しに褒めてやりたい。
《ゆず：じゃあ明日からその時間に行く》
《瑛太：別に一緒に行かなくても良くないか？》
《ゆず：やだ》
《ゆず：一人暇。私も一緒に行く》
《瑛太：まぁ柚がいいなら別にいいが》
《ゆず：じゃあそれでよろ》
《ゆず：（前足を上げる猫）》
柚の奴……何で俺と一緒に行こうとするのだろうか？　ゲーム仲間だから……いや弁当か。まぁどっちにしろ、幾ら振られた相手とは言え……こうして仲良くしてくれるのは少し嬉《うれ》しいな。
俺は鞄《かばん》にある弁当をいつ渡すか考えながら……スマホをポケットに仕舞いつつ、視界をシャットダウンさせるが如く机に突っ伏して、担任が来るまでひたすらに突き刺さる視線に耐えることにした。
余談だが、いつも五月蝿《うるさ》い我がクラスがあまりに静かだったので、担任が驚いて腰を抜かしていた……のを笑っていられたのも僅か一瞬のことで……。
それは——昼休憩に起こった。

「……」

「「……」」

「「「「「「「「……」」」」」」」」

朝から静かだったものの……現在俺達の教室は、学校生活で一番五月蝿くなるであろう時間帯に、今日一の静寂が支配していた。

しかし、朝の殺伐とした雰囲気とは違い、クラスの皆は物凄く気まずそうに口を閉ざしている。

その中心に居るのは学年で一位、二位を争う美少女である姶良柚と姫野芽衣《めい》。

そして――非常に残念で誠に遺憾ながら、この俺である。

何故こうなったのか。

その原因は、数分前に遡《さかのぼ》る。

□

――数分前。

相変わらず周りの視線が致命傷並みに痛い。出来るなら全方向の視線を遮る壁でも欲しいね。何処かに落ちてないかな、全自動視線遮断器。

なんて現実逃避気味な考えを頭に巡らせつつ、四時間目の授業が終わると同時に急いで弁当を鞄から取り出し、一応財布とスマホをポケットにいれてから教室を出る為に扉を開ける。すると――。

「――用が無いなら……おっす、えーた」

「え、えっと……少し佐々木君に用事がありまして……あ、さ、佐々木君っ！　あの時はありがとうございましたっ！」

「…………すーーっ――俺は佐々木瑛太ではありません人違いですでは」

端的に言おう。先程の授業が終わるのが遅かったせいか、扉の前に何故か柚だけでなく……昨日一悶着《ひともんちゃく》あったあの学年のマドンナである姫野芽衣も居た。しかも心なしか雰囲気悪い。

俺の脳が関わらないのが正解だという結論を弾き出し、即座に扉を閉める。

だが――もう手遅れ。

既にクラスの全生徒から視線が集まっていた。主に男子からは尊敬、女子からは侮蔑《ぶべつ》……

……おー、皆んな仲良いね。

なんて乾いた笑みを浮かべている俺がチラッと閉めたはずの扉を見れば……まるで示し合わせたかのようなタイミングで扉が開き、不機嫌そうな柚とオロオロしている姫野芽衣の姿がクラスの全員に見える様に現れた。

しかし、不服そうな柚はまるで我が教室とでも言うかの如く入ってくると同時に俺へと手を差し出した。

「――弁当、プリーズ。あと、L◯NE、無視するな」

え、とスマホを確認すると、数件 L◯NE が来ていた。

柚の言葉と共に一層鋭くなる視線。男子からの視線も尊敬から嫉妬《しっと》に変化。

更にトドメとばかりに少し遅れて姫野も居心地悪そうに、チラチラと俺に視線を向けながら遠慮がちに口を開く。

「……さ、佐々木君に少々用事があるのですが……」

クラス全員の嫉妬と侮蔑の視線が俺の身体をズタズタに引き裂いた。

――よし、逃げるが勝ちだ！

「ちょぉぉぉぉぉと違うところに行こうか！」

「わわっ⁉」

「……きゃー」

俺は二人の腕を掴《つか》んで教室を飛び出る。姫野は驚いたように目を白黒させ、柚はピクリとも表情を変えることなく平坦《へいたん》な声で悲鳴（？）を上げた。

「あ、逃げたぞ‼」

「佐々木ぃぃぃぃぃぃぃ‼」

後ろからクラスメイトの声が聞こえるが……怨嗟が怖すぎる。同じクラスメイトに何て感情込めてんのよ。

「逃げるな佐々木ぃぃぃぃぃ!!」

「怖い怖い怖い怖い！　その顔で逃げるなって言われて逃げない奴はいないって！」

涙目になりながら足を止めることなく廊下をダッシュ。その道中にも沢山の生徒達が俺達を驚いた様子で眺めているのが視界に入るが……一先ず全部無視して安息の地である屋上に駆け込んで鍵《かぎ》を閉める。

屋上は落ちてた鍵のスペアキーを作って勝手に開けているので、俺以外の生徒は誰もこの鍵を開けることは出来ない。

まさにこういった目立つ人と話す時にはうってつけの場所というわけだ。

そう——俺しか入れない……その筈《はず》なんだけど、何故か柚も持っている。

しかも俺みたいにスペアキーを作ったわけじゃなくて原キーをね。謎が深いっていうのはこういうことだよな。

柚が持っている理由がとても気になるが、何か嫌な予感がするので追及はやめておく。時には知らない方がいいこともあるのだ。

「はぁ……はぁ……——そんで、一体姫野さんは俺に何の用で……？」

息を整えながら問い掛ける俺と。

「ん、早く、答えろ。私の時間を奪った罪は重い、ぞ」

「おお……知り合いなの二人？」

「ん、同じクラス」

「そ、そうですね。話したことはありませんけど……」

「何様ですか貴女」

「ん、私様」

「馬鹿言ってんじゃないの」

何故か腕を組んで不遜《ふそん》な態度で柚が言うので、取り敢えず失礼だし額にデコピンでもして黙らせておく。

「んてっ」

「少し姶良は黙ってなさい。今は俺と姫野さんとのお話なの。姶良はあっちで弁当でも食ってて」

額を押さえて俺を責めるように眉《まゆ》を顰《ひそ》める柚へ弁当を渡しながら屋上の隅を指差す。

多分柚がいると姫野さんが何も言わないと思うし……ここは一旦《いったん》柚に退散してもらおう。

多分弁当渡したら退散してくれ……。

「……姶良さーん？　俺の言葉が聞こえませんでした？」

俺の予想とは裏腹に、そんな俺の言葉を受けて尚、柚は一向に動こうとしない。何なら弁当すらも受け取ろうとせず、じーっと俺を見つめて口を尖《とが》らせた。

「やだ。私も、聞く」

「だめ。姶良は何するか分からないから」

「……」

即答する俺へと少し不機嫌そうなオーラを出す柚だったが……渋々といった感じで弁当を受け取ると、最後まで俺の方を見つめながら少し離れた場所に移動した。

どんだけ話が聞きたいんだよ……と苦笑気味に柚が座るのを確認したのち、俺は気を取り直して姫野の方に意識を向ける。

俺達のやり取りを見て驚いた様子で何度も瞬きをしているが……やはり学年のマドンナと言われるだけあり、柚に負けず劣らずの美少女だった。

この前は気まずさが上限突破しててあまり見てなかったけど……普通に良くこんな美少女に告白したよな、俺。あの、見た目はイケメンの南雲《なぐも》ですら無理なのに俺が付き合えるわけないわ。夢見過ぎなんだよ、俺の頭。

なんて過去の俺の胆力に一種の尊敬の念すら抱いていると。

「佐々木君？」

「ん？　あ、悪い悪い。それで……俺にどんな用事があったの？」

「えっとですね……」

俺がそう言うと、姫野の顔が露骨にぎこちない表情に変化する。しかし直ぐに表情を取り繕う様に言った。

「学校で私と始良さんに佐々木君が告白したという噂が流れているじゃないですか」

「うん。自分が悪いけど過去一大ダメージを食らってる噂と言うか事実ね」

ほんと、何で皆んな知っているんだろうね。柚は噂流してないって言ってたし、今とかこの前の話してみた感じ、姫野芽衣も流しそうな人じゃないんだよなぁ……。

なんて思っていると、彼女の口から予想外の言葉が出てきた。

「それ――私を最近ストーキングしている人が流したのかもしれません」

……………え、ヤバくね？　流石に反応の仕方分からんですわ。

俺も柚も――待って。いつの間にか俺の隣に柚がいるんだけど。まぁそれは兎も角――姫野の衝撃的な一言に完全に動きを止めてしまう。

リアルでストーカー被害に遭ってる人初めてみたわ……まぁこんなに可愛かったらストーカーの一人や二人や三人いるに決まってるか。いやもちろんストーカーは駄目だけどね。

「あ、あの……」

「はっ！」

「！」

姫野の言葉に固まっていた俺達だったが、再び彼女の言葉で動き出す。一旦《いったん》姫野に作戦タイムを要請し……二人で少し離れつつ、コソコソと作戦会議を始めた。

「……さて、柚社長」

「ん、何？　えーたバイト員」

「バイト員⁉　俺は気を遣って社長って呼んだのに⁉　せめて課長にしろよ！」

そんな俺の魂の叫びに、柚が相変わらずのぼーっとした瞳《ひとみ》を俺に向けて言う。

「課長、中間管理職。それで、いいの？」

「うん、バイト員でいいや」

世の中間管理職の皆さんには本当に尊敬の念しかありません。いつもお仕事お疲れ様です。

俺は世の全中間管理職の方々に尊敬の念を送りつつ……先程からずっと思っていた疑問を柚に投げ掛けた。

「てかいつの間に近付いて来てたんだよ？　離れてたって言ったくね？」

「ん、拒否した」

「いや拒否すんなよ」

「バイト員の、指図は、受けない」

「え、いつから俺はバイト員になってたの⁉」

「最初、から？」

まさかのついさっきじゃなかったという衝撃的な事実が発覚するが……ふざけるのは大概にして、良い加減少し真面目な話をしようか。めちゃくちゃ深刻な話だったしな。

「……どうする？　想像以上にやばい言葉が出てきたんだけど。俺、てっきり偶々通りかかった生徒に見られたとばかり思ってたんだけど」

「ん、ほっとく」

「いやいやそれはないだろ。せめて警察に連絡しようぜ」

というか、俺達高校生が何かするより警察に通報するのが一番安全かつ確実だろ。

「ん、賛成。私とえーたはゲーセン行こ」

「お前よくそんなこと言えんな。いやまぁ俺達に出来るのって言ったらそれくらいだけどさ」

呆《あき》れを孕《はら》んだ視線を柚に向けるも……正直ストーカーを相手にするなんて怖すぎるし、何かあったら嫌だ。それも振られた相手の、だ……ぞ……ん？

「な、なぁ柚……」

「ん？」

「俺ってもしかしてストーカーの排除対象に入ってるかな？」

よくよく考えれば、噂を流したのがストーカーなら、必ず意味があるだろう。主に俺をこの学校から排除するとか、姫野芽衣に近付かせないとか。

そもそも現時点で俺に対して生徒達の認識は『屑《くず》野郎』だし。それとつい最近、絶賛恨みも買った憶えがあるんだよなぁ……。

「ん、入ってる。意味のない事はしない」

「だよなぁ……」

柚の無慈悲な言葉に、俺はがっくりと肩を落とす。

ただそうなると、一気に警察に任せてただ待つだけとか出来なくなる。いつ刺されるか分からない状況で遊べるほど、俺のメンタルは強くない。

てか、流石にまだ死にたくないんだわ。どうせなら彼女作ってやることやってから死にたいよ。煽《あお》るだけ煽りやがった親友達だけ幸せな日々を送らせるなんて断じて許さないぞコラ。

なんて怒りに震える俺は会議を終了させ、姫野の下へ戻る……と何故か姫野が少し目を見開いて俺達を見ていた。

勿論《もちろん》俺達は何故そんな目で見られているのか不明なので首を傾げる。

「……姫野さん？」

「あ、いえ……お二人は随分仲がよろしいんだなと思いまして」

「ん、勿論。私達はゲーマー仲間」

何故か若干ドヤ顔で柚が自信満々に言う。俺的には『そんなに仲良いか？』と思わないこともないが……この際何も言わなくていいか、と肩を竦《すく》めた。

姫野芽衣はそんな自信満々な柚に騙《だま》されて感心した様子でポカンとしていた。

「ふぇ……そうなんですね……お二人は遊びに行ったりしているのですか……？」

「ん。月曜日は二人でゲーセン——むぐっ」

「始良は余計なこと言わないでなー？」

俺はズル休みがバレそうになったので取り敢えず柚のお口チャックさせつつ、流れるように話を変えた。

「それで姫野さん、俺達で話し合ったんだけど……」

「は、はい！」

「因みにストーカーって……南雲？」

俺が恐る恐るつい先日恨みを買ったであろうイケメン野郎の名前を出せば、姫野は一瞬キョトンとしたのち、ブンブンと手を振った。

「ないですないです！　アレ以来、彼の接触はありませんからっ！」

「あ、そうなんか。良かったぁ……」

俺は心の底からホッと安堵《あんど》のため息を零す。

いやぁ～マジで良かったぁ……アイツがストーカーとかだったら帰宅部の俺だと負けてしまいそうだったんだよ。

なんて俺が『ふぃ～あぶねーあぶねー』とか言っていると……俺の袖《そで》がクイクイと引っ張られたかと思えば、横で柚が聞きたそうに瞳を俺に向けていた。

「ん、えーた、アレって何？」

「……ふっ、聞いて驚――」

「――佐々木君が、私が南雲君に襲われそうになったところを助けてくれたんです」

あのぉ……姫野さん？　俺より先に言わないでくれませんか？　折角柚に誇張も入れつつ褒めてもらおうと思ったのに。

「……えーた。今の話、ほんと？」

そう問い掛けながら僅《わず》かに瞠《どうもく》目する柚に、俺は何とも言えない表情で頷《うなず》いた。

「まぁ、うん。実はそうなんよね」

「……ん、驚愕《きょうがく》。えーたなら、ビビると思ってた」

良く分かってるじゃないか、その通りだよ。内心めちゃくちゃバクバクだったよ。

「あの時は本当にありがとうございました、佐々木君」

「だからおあいこだって。散々迷惑掛けてるしな」

「ふふっ、優しいんですね、佐々木君は」

そう言ってはにかむ姫野の姿に一瞬見惚《みと》れるも……隣でジトーッとした瞳を向けてくる柚の姿でスッと目を逸らしつつ、無理矢理話題を変える。

「でも南雲じゃないなら……アイツ以外の同級生ってことか？」

「学校内でも視線を感じるので、恐らくそうだと思います……」

自信無げに俺の言葉に同意する姫野。

ほうほう……同じ学校の生徒ね。なるほどなるほど……これなら大丈夫だな。どうせならカッコよく言ってやろう。

「――よし、警察には取り敢えず連絡して俺達でも独自で動こう」

『バーンッッ！』と自信満々な笑みを浮かべて言えば、姫野が驚いた様子で声を上げた。

「い、いいのですか……!?　自分で話しておいて何ですが……とても危険だと思いますよ……？　警察の方にも相手にされませんでしたし……」

いやいや甘いよ姫野。警察にいうのが意味ないとは言え、俺の命と学生生活が掛かっているんだよ。自分の命が危ないのに呑気《のんき》に他人任《ひとまか》せに出来るほど俺はメンタル強くないんでね。

「大丈夫。同じ高校生で同じ学校っていうのが分かっているなら何とかなるから」

「あ、ありがとうございます……!!」

感極まった様に頭を下げて頼りにお礼を言う姫野芽衣。

警察には学校内とのことで相手にされなかったらしいので、余程嬉《うれ》しいのだろう。

ついでに言えば、この噂が流れれば、俺の屑野郎の噂も多少払拭《ふっしょく》されて、学校生活が過ごしやすくなるかもしれないからな……!!

なんて内心含み笑いを浮かべていると。

「ん、えーたは自分の身が心配なだけ」

「それは言わないお約束！　めっ！　お口チャックよ柚！」

また余計なことを言いやがる柚。

そのことを言ったらただダサいだけじゃないか……!!

そう責めるような視線を柚に向けるも……当人である柚は、俺の視線を完全にスルーして姫野に話し掛けていた。

「ん、連絡は、どう取る？」

「そうですね……　L○NE で良いんじゃないですか？」

「ん、おけ」

何なら知らない内に、いつでも連絡出来るように L◯NE を交換することまで決まっている始末。俺の居場所はない模様。

一応三人でやるんだよね……？

「──佐々木君、これが私の L◯NE のアカウントです」

「あ、はい」

どうやら俺の存在は忘れさられていなかったらしい。

安堵するのも束の間……俺は緊張しながら姫野のスマホに表示された『芽衣』というアカウントのＱＲコードを認証して友だちになる。

そしてトーク画面を開くと──。

《芽衣：よろしくお願いします！》

《芽衣：(服に「めい」と書かれた女の子が『お願いします』と敬礼しているスタンプ)》

んんんっ!!　と、尊い……！　何と可愛らしいのだ……！

柚も可愛い猫のスタンプを使うが、姫野はまさかの自分の名前が入った女の子のスタンプ。普通に可愛い。

俺も取り敢えず『よろしくお願いします』と文章を打って柚に薦められた猫のスタンプを送る。

「あ、ちゃんと友だちになれてました！」

「う、うん、俺も問題ないぞ」

「私の問題に巻き込むのみならず……解決のお手伝いをして下さりありがとうございます！」

「いえいえ此方《こちら》こそ貴重過ぎるモノをくださりありがとうございます。一生涯の家宝にします」

柚もそうだが、姫野のL○NEのアカウントは想像以上に価値のあるモノだ。二人のアカウントを十五万円という法外な値段でも買うという奴が必ずいる程に。

この前小耳に挟んだ噂では、姫野に『五十万やるからL○NE教えてくれ！』と言って断られた男子生徒がいるらしい。多分そいつはとんでもない馬鹿だと思う、マジで。

まぁ姫野は断ったらしいのだが……それを考えれば如何《いか》に彼女達のアカウントが貴重かが分かるだろう。

「……⁇」

「ん、あまり気にしないでいい。えーたは偶におかしい」

「いやおかしくないだろ。正常の一般ピーポー——ってそうじゃなくて！　俺達で見つけ出すって言ったけどどうやって探す？」

「ん、名案あり」

妙に自信満々に言い切った柚。

その姿に一抹の不安を覚えながらも……取り敢えず他にこれといった案もないので実行

することにした。

□

「……柚よ、一つ訊《き》いてもいいか？」

「ん、よき」

「――ただ単にゲーセン行きたかっただけだろ⁉」

ということで――制服姿のままの俺（普通）、柚（超絶美少女）、姫野（超絶美少女）の三人という明らかに目立つメンツでやって来ましたゲーセン。

放課後ということもあって、この前柚と行ったときより人が多く……特に同年代が多かった。何なら俺達と同じ制服もチラホラ見掛ける。

そうなってくると……もう分かるよね？

「ねぇ……アレって……」

はい、こっちに向く視線が凄《すご》いですわ。二人の超絶美少女にそこそこ程度の男子なんて目立つに決まってるじゃん。傍《はた》から見れば完全に二人の美少女を侍らせている屑《くず》野郎だから嫉妬《しっと》と侮蔑《ぶべつ》の嵐ですよ。

そんな視線に晒《さら》されれば……俺は居た堪れなさと恐ろしさで身を縮めるしかない。

「……俺、視線に殺されそう……」

「ん、大丈夫。皆、暇じゃない」

「おい、もしかしなくても俺程度に割く時間はないって言ってんのか？」

「ん」

「『ん』じゃないよ！　幾ら事実で安心するとは言え普通に傷付くんだけど⁉」

「あ、あの……」

開始早々睨《にら》み合って俺と柚が言い合っていると、姫野が遠慮がちに手を挙げる。効果音に『ぴょこ』とか付きそうで可愛い。

その可愛らしい仕草とか細いながら透き通る声によって言い争いを止めた俺達を代表して、柚が首を傾げて尋ねる。

「ん、どうした？」

「いえ、どうして此処《ここ》に来たのかなと思いまして……」

「マジでそれな。俺はどうせゲームしたかっただけに一票」

「チッチッチッ。えーたは浅慮」

鼻で笑うだけでは飽き足らず、これ見よがしにため息を吐く柚。

柚は、一々俺を貶《けな》さないと話せないのだろうか？　俺が日々様々な陰口と嫉妬と侮蔑の視線に苛《さいな》まれてなかったら耐えられないからな？　言っちゃ何だけど、普通にメンタル弱いからね？

なんて半目で柚を見ていると、柚は仕方ないと言わんばかりに肩を竦《すく》めた。

「ストーカーの対象は、えーたとめい。えーたとめいが、遊びに行けば、絶対に来る」

「確かに……ですが、流石にバレない様にしているはずですよ？」

「ん、めいが、えーたと楽しく遊べば、ストーカーは怒る」

「……おい、何となくやりたい事が分かったぞ。俺、結局危険な目に遭うよな⁉」

「ん、そこは、我慢。頑張って」

一体何がグッ……なんだろうか？　その清々しいほどのサムズアップの親指をグイッてしてやりたい。まぁ二人に告白したことが全ての元凶なんで、俺は何も言えないし出来ないんですけどね。

なんて俺が軽く絶望している傍ら、全く気にした様子を見せることない柚は再び説明を続ける。解せぬ。

「私達は、途中でえーたと離れる」

「離れる、ですか……？」

どうしてか分からないといった困惑の色を瞳《ひとみ》に宿して眉《まゆ》を顰《ひそ》める姫野に、自らの考えに一切迷いのない無表情美少女こと柚は淡々と首肯する。

「ん。一人のえーたに、ストーカーは近付くはず」

「は、はぁ……え、で、ですが……それでは佐々木君が危ないじゃないですかっ！」

「ん、大丈夫。えーたは強い」

「は？」

自分のことでもないくせに、妙に自信満々にむんっと胸を張る柚。

お前、俺の何を知ってんだよ。一応俺の外見とか普段の態度とか帰宅部なところを見たんなら、一ミリも強そうには思わないだろ。強いて言えばゲーム——も柚には殆《ほとん》ど全敗なんだよなぁ…………あれ？　もしかして俺の強いところって、無駄に慣れてしまった誹謗《ひぼう》中傷への耐性しかないのでは？

自分で自分の強いところが分からないという、就活なら百パーセント落ちるであろう致命的な欠陥に気付いて何とも言えない表情を浮かべていると。

「だ、駄目ですっ、私も残りますっ！　佐々木君一人に全部任せるわけにはいきません……！」

瞳に使命感のようなものを宿した姫野が胸の前で両拳《こぶし》をぐっと握っていた。

確かにその心遣いは大変嬉しいが……。

「——いや、柚が言った通り俺一人でいいって。俺のせいな部分も多大にあるし」

「……っ」

正直言って、俺と姫野が一緒にいる事自体が一番危険な気がする。相手の狙いが俺であろうとも……元々は彼女のストーカーなわけで。此方に肩入れする姫野の姿を見て豹変《ひょうへん》でもされたら、どっちかが怪我をしてしまう。

一方で俺一人なら、自分とストーカーだけに意識を割けばいいので、なけなしの自衛の一つや二つを披露してやれば何とかなる……はず。え、なるよね？　い、一気に不安になってきたなぁ……。

なんて気持ちはもちろん心の中に蓋《ふた》をして、俺は勝ち気な笑みを浮かべた。

「ダイジョブダイジョブ。きっと何とかなるって」

それでも不安げな様子を見せる姫野だったが……一方で、作戦を考えた柚は……既にゲームに興味が持っていかれている様だった。

「ん、えーた、マ○オのガチャがある」

「お前はちょっとくらい心配しろよっっ‼」

俺の心からの叫びが、喧騒《けんそう》に包まれるゲーセンに響き渡った。

□

「──これ、やろ」

この前同様、いつもはぼーっとして、何を映しているのかイマイチ分かり辛い瞳をキラキラと輝かせた柚が、クレーンゲームの台の前に陣取っていた。

お前下手くそなのに良くまたやろうとするな……と思って、同意を得ようと姫野に視線を向けて──殆どゲーセンに来たことがないのか、クレーンゲームを食い入るように見つめている姫野の姿が視界に映る。

「うわぁ……これが噂に聞くクレーンゲームですか……！　は、初めてちゃんと見ました

「……！」

初めて、だと……!? 俺はこの年にもなってクレーンゲームを初めてちゃんと見るなんて言う人を初めてみたよ。

「まさか姫野さんって……ゲーセンとか行かない人間なのか？」

「そう、ですね……家があまり裕福ではないので……」

「……っ、いや、悪い。ちょっと踏み込みすぎた」

苦笑いを浮かべつつ頬をかく姫野の姿を見て、失言だったと即座に判断した俺は直ぐに謝る。

しかし流石学年の大人気者なだけあり、此方が悪いのにブンブンと手を振るのと一緒に申し訳無さそうな表情で首を振った。

「い、いえっ！　私の意思で周りに言っていませんので……佐々木君が知らなくて当たり前ですよっ！」

何だよこの超絶美少女。顔が可愛くて天使なだけじゃなくて、しっかり性格まで天使なのかよ。何処かの誰かさんには是非とも見習ってほしいね。

それにしてもまさかそんな事情があったとはな。見た感じそんな風には全く見えないから、てっきりゲームに興味がないのかと……。

本当に悪いことを聞いたなぁ、と内心猛省する俺の横で、少し驚いているらしく動きを止めていた柚が、直ぐに再び動き出したかと思えばドンッと自分の胸を叩《たた》いた。

それと同時に、彼女のそこそこある胸が『ぷるんっ』という効果音が付きそうなほど揺れ、辺りの男子の視線が吸い寄せられる。

勿論《もちろん》俺も例外ではなく。仕方ないじゃん、男の子なんだもの。

しかし、そんな男達の不躾《ぶしつけ》な視線など全く気にした様子もなく柚が言う。

「ん、任せろ。お金は私とえーたが払う」

「別にいいんだけどさ？　何なら美少女と遊ぶのに金払うのなんて当たり前だから別にいいんだけどさ。せめて俺に確認取ろう？」

俺もしがない高校生。常に金欠状態なんですわ。まぁ学年の二大美少女と遊ぶのにお金を払うのはやぶさかでもないんですがね。

「ん、お金、払って」

「よし来た！　俺の月七千円のお小遣いが火を噴くぜっ！」

「ん、二人で、めいにゲームの楽しさを叩き込《こ》む」

「あ、あのっ！　そんな……悪いですよっ。こうしてストーカーの対処までやってくださっているのにお金まで……！　ですので、私は十分です……！」

何故かワタワタと焦った様子で両手をブンブン振って遠慮する姫野。それすらも可愛いなんて、美少女はズルい。

なんて戯言はさて置き、俺と柚は目を丸くしてお互いに顔を見合わせると……取り敢えず無視して話を進めることにした。

「そんでどれやんの？」

「あ、あの……佐々木君？」

「ん、これやる」

「あ、姶良さんまで……⁉」

一人騒いでいるが、どれだけ言われても考えは変わらないので諦《あきら》めて欲しい。

そんでもって柚が指差すのは、クレーンゲームの中でも少ない種類である、紐《ひも》でぶら下がっている札を先端が二股《ふたまた》になっているアームで挟んで落とすやつだった。

普通のクレーンゲームよりも良いものが沢山入っているが……普通のクレーンゲームより遥《はる》かに難しい。正直俺の体感だとどっちも難し過ぎて大差ないけれども。

「お前馬鹿だろ。こんなの取れるわけないじゃんか」

「ふっ、やるのは私じゃない。めい」

「ええっ⁉」

「もっと馬鹿だろ。こんなの初心者がやって出来るものじゃないだろ」

「ん、狙うは掃除機。めいが取ればあげる」

「そ、そんな……」

「やって、お願い」

「うっ……わ、分かりました……やってみますっ！」

押しの強い柚に根負けした姫野が、両手を胸の前で握りしめて意気込む。

その瞬間に柚よりも巨大な胸部装甲《おっぱい》が両腕に挟まれ、再び周りの男性陣（勿論俺も）の視線が集中する。

おい、何かついさっき見た顔が幾つかあるぞ？　お前ら実は付いてきてるだろ。ストーカー容疑で警察呼ぶぞ。俺も連行されそう。

なんて俺が一人周りに意識を傾ける中……柚はもちろんのこと、姫野も初めてのクレーンゲーム&人のお金ということでか、極限に集中しているためか分からないが、全く気にした様子もない。

この二人は無敵かな？　めちゃくちゃ気にする俺が馬鹿みたいじゃん。

俺はクレーンゲームに釘付《くぎづ》けとなっている二人の姿にやる気や警戒心を削がれ、小さくため息を吐いて様子を確認してみる。

まぁでもいくら集中した所で一発で取れるはずなど──。

「──と、取れました……！」

「取れるんかい。凄すぎるだろ、姫野さん」

「ん、予想通り」

いや、俺これで高額景品が取れるの初めて見るんだけど。しかも、それを一発で取ったの初見プレイヤーだよ？　どんだけ運が味方してるんだよ……さては女神様の親友か何かですか？

そんな意味不明なことを考えてしまうほどには俺が驚いていると、いつの間にか柚が店員を呼んできており……姫野が申し訳なさそうにしながらも、少し嬉《うれ》しそうに店員が取り出した景品——掃除機を恐る恐る受け取る。

「ほ、本当に貰《もら》っても宜しいのですか……？」

「ん、家に同じのあるから要らない」

「あ、ありがとうございます……！　家のはもう壊れていてちょうど困っていたんです……！」

嬉しそうに何度も何度もお礼を言いながら頭を下げる姫野に、俺がホロリと涙が出そうになっている中……柚は鼻高々といった風に調子に乗っていた。

「……次は私。絶対に取る」

そう言って意気揚々とゲーミングＰＣ用のキーボードを取ろうとして……案の定何度も失敗する柚が姫野に泣き付くのを見ながら、ふと思った。

…………俺ら、目的忘れて楽しんでない？

なんて考えが一瞬頭を過ったが……これからストーカーとの１ｏｎ１があるし、滅多に——何なら金輪際ないかもしれない美少女二人とのこの時間を、今は楽しむことにした。

□

「こ、こんなに貰って良かったのでしょうか……？」

姫野が申し訳なさそうに言う。

しかしそれは決して彼女に限ってのことではない。俺がもし姫野と同じ立場に立っていたなら全く同じことを言う自信がある。

だって――。

「全部で数十万は優に稼いでるもんな」

「ん、驚愕《きょうがく》」

――取れた景品の数も価値も異常だから。

姫野はマジもんの天才……いや、幸運の持ち主でしたわ。もうね、凄《すご》いなんてもんじゃなかったね。

柚のゲーミングPC用のキーボードを取った後も様々なクレーンゲームを柚がやらせていたのだが……本当に何故か基本一回で大抵のものが取れるので、姫野だけでなく俺と柚も持たなければならなくなるほどの数に膨れ上がってしまった。

いやな？　俺達の来ているゲーセンは日本でも有数のクレーンゲームの数と種類を取り揃えてて、千円のクレーンゲームとかもあるわけですよ。それでお掃除ロボットに始まり、P○5にゲーミングPC、Ai○Po○sにイ○ンで使える十万円分の商品券などなど……取りまくってしまったんです。お陰で姫野が本当に『ゲーセン泣かせのクレーンゲーマー』の称号を手に入れていたよ。

結局泣き付いてきた店員に姫野の家庭環境を説明して何とか出禁は免れたが、次やるなら三回までにしてくれと懇願されていた。

人生でズルなしでこんなこと言われる人初めて見たね。

「ん、完敗。クレーンゲームの女王」

「姫野さん……上手すぎだろ……姫野さんさえ居れば、この世の全てのクレーンゲームの景品が手に入るぞ。女王様、嫌がられるまでついていきます」

「女王様は止めてください……ですが、二人に言われると嬉しいですね」

俺達が手放しに褒め称えれば、恥ずかしそうに頬を赤らめながらも、少し嬉しそうにはにかむ姫野芽衣。

これこそ真の天使の微笑み《エンジェルスマイル》と言うべき代物であろう。その美しさに既に汚れきった俺の心が浄化されそう。多分柚も浄化されてる。

そう思って柚の方を見てみると。

「ん、あのゲームやりたい」

全然そんなことはなく普通に格闘ゲームの台に向かおうとしていたので、俺は無言で柚の肩に手を置いた。

「目的忘れるな？　俺達はあくまでストーカーを探しに来たんだろ？」

「………」

今思い出したとでも言いたげな表情の柚に俺はため息を吐く。

俺的にこの子の脳みその中が一体何で占められているのかが非常に気になるところでは

あるが……。

「それで……俺はどうやって一人になるんだよ？」

「ん、お手洗い」

「あぁ……確かにストーカーも女子トイレには入んないか。一番俺が一人になる理由としては妥当だな」

寧ろ、二人がお手洗いに行く以上に良い方法などない気がする。

まぁこんなので引っかかる様な馬鹿はいないと思うけどな。いやストーカーをするくらいの大馬鹿者だし引っかかることもあるのか？

「こんな危険な事に巻き込んでしまい、ほ、本当に申し訳ありませんっ！」

「全然良いよ。元はと言えば俺のせいだし」

俺が告白しなければ、俺が標的になることなどなかったのだから。

「うっ……な、なら、私達はトイレから見ていますので！　警察への通報も任せてください！」

「ん、任せろ」

「何だろうな。柚だと全く頼りにならないのに、姫野さんだと安心感が段違いだわ」

流石学年のマドンナとか言われるだけあるよな。こんなマイペース無口な不思議ちゃんの柚じゃ相手にならないか。

「ん、ストーカーがやる前にやってやる」

「やめてくれ柚。……おい、ファイティングポーズ取るな！　空気を打つな！　ホントにごめん、ごめんなさい！　謝るからその拳《こぶし》をおさめて！」

「だ、ダメです柚さん――めっ、ですよっ！」

謝り倒す俺へと殴りかかろうとする柚に、姫野が口の前で人差し指を交差させてバッテンを作ると――奥義『めっ』を発動する。

美少女である姫野がそのポーズを取ることによって……オタクである俺には余裕で突き刺さった。

「…………」

「……次はない」

柚も姫野が可愛かったのか……声も出ない俺を一瞬睨《にら》んだかと思えば、予想と違ってあっさりと引き下がる。

しかも女子トイレの中に入る直前に小さく呟《つぶや》いた。

「……気を付けて」

「おうよ、任せときな」

怖さを紛らわせるつもりでちょっとカッコつけてヒラヒラと手を振って二人を見送ると、スマホを開くだけ開いて辺りに意識と耳を傾ける。

さてと……ここからは長い待ち時間ってことですか？　こういうのって待ち時間が長いほうが緊張とか怖さとか倍増するんだよなぁ……。

周りの大量の景品に埋もれる様に一人取り残される俺は、小さくため息を吐いた。

「あぁ……一気に現実に引き戻されるこの感覚……嫌だなぁ……」

そもそもわざとゲーセンから少し離れたあまり人の通らないベンチに座っているのと、二人が居ないことも相まって、余計に辺りが静まり返っていた。

ほんと今思ったけど……何でこんなことしなきゃいけないんだよ……。俺、一応どっちにも振られたんだぞ？　振られた相手と遊びに来るとか意味分からんて。正直、気不味《きまず》くて死にそうだわ。それなのに噂のせいで女子に目の敵にされるわ、男子は柚とL〇NE交換していると知って嫉妬《しっと》心を爆発させるわ、変なストーカーに目をつけられるわ………

…本当に碌でもないことしか起こってないな。

「ホントにこんなのでストーカーなんぞ――」

「――き、君が……さ、佐々木瑛太だよね？」

…………マジかよ。

えー……はい、釣れました。それは見事に釣れました。何してんねんお前ガチで。

俺は頭上から浴びせられた言葉に、自分のスマホを握る手に変な汗が出ているのを感じて動揺を抑えるようにゆっくりと深呼吸しつつ上を向く。

実際にストーカーを見たこと無いから、ガチムチのゴリゴリマッチョだったらどうしようう……なんていう心配は杞憂《きゆう》だったらしく、俺の眼の前にはダボッとしたフードを被った俺より少し低いくらいの背で頬が僅《わず》かに痩《や》せた少年が立っていた。

顔は下から見ているため見えているが……少なくとも俺の知り合いではない。

「………人違いなんじゃないですかね？」

「ぜ、絶対有り得ない……僕が見て、調べた顔と同じ……！」

なら何でわざわざ『貴方《あなた》は（名前）ですか？』って聞くんだよアホ。分かってんなら質問すんなや馬鹿野郎。こちとら怖すぎて情緒が狂っとんじゃボケ。

なんて内心悪口のオンパレード状態になりながらも、極力普段通りを意識して首を傾げる。

「調べたねぇ……俺はアンタのことは一切存じ上げないんだけど、どちらさん？」

「ふへっ……ぼ、僕の名前は……お、教えない……！」

うざぁ……うぜぇよぉ……今すぐにでも張り倒したいんだが。ストーカーなんかしてないで勉強しろって言ってやりたい。

俺が心の底からそう思っていると、深くフードを被った少年は気持ち悪い笑い声を上げ、ポケットからサバイバルナイフを取り出し俺の腹に切っ先を僅かに押し付けた。

「た、ただね――ぼ、僕の芽衣ちゃんに近付くな……!!　僕達は、あ、愛し合っているんだ……！」

――はい、ありがちな勘違い乙ぅ！

「――ってことで、とりま警察行こうか」

「えっ……？　い、痛っ――!?」

俺はベンチから立ち上がりながら腹に押し付けられたサバイバルナイフを持った手を渾《こん》身《しん》の力で摑《つか》むと、驚く少年の背後に回って肩をキメる。もちろんナイフを奪って刃を仕舞うのも忘れずに。

「くッ……は、離せ……っ!!」

「おいおい動くなって。あんまり動いたら脱臼《だっきゅう》するぞ。知ってるか？　脱臼ってめちゃくちゃ痛いからな？　洒落《しゃれ》になんないからな？」

因みに俺は一度だけ脱臼したことがある。

数年前に兄貴と喧嘩《けんか》した時に兄貴の攻撃を食らって脱臼したのだが……あの時の母さんの兄貴への怒り様は、今でも鮮明に一部始終を思い出せるほどに怖かった。

多分今より怖かったな、うん。いやまぁこいつも死ぬほど怖かったけど……ストーカーより、ちょっと相手が悪いわ。てか厨二《ちゅうに》の時に、色んな護身術とか武術を手当たり次第にやっててよかったぁ。独学だからちゃんとした人から見れば落第レベルだろうけどさ。

「んじゃまぁもう出てきてもいいぞー」

「…………え？」

いやなんの『え』？　もしかして嵌《は》められたって気付いて……いや気付いてたら取り押さえられてないか。滑稽《こっけい》ですね。

なんて内心呆《あき》れながら俺が腕を決めて、更にその少年の上に乗って完全に無効化していると……柚達がトイレから戻ってくる。

「へいへいどうよ？　超完璧《かんぺき》じゃない？」

「……ホントに、来た」

「うんうんそれは俺も――待って、もしかして自分で言っておきながら来ないと思ってたの!?」

「ん」

ヤバい。今直ぐこの無表情美少女を引っ叩《ぱた》いてやりたい。何だろう、俺が何十分もボッチの時間を過ごすのを予想してたってわけ？　とんでもないんですけど。

しかし、そんな怒りも僅か一瞬のこと。

「――す、凄いですね……一瞬で形勢逆転するとは……！　物凄《ものすご》くカッコよかったですっ！」

そう言ってキラキラと瞳《ひとみ》を輝かせて褒めてくれる姫野の姿に、場違いとは思うものの、頬がこれでもかという程緩むのが分かった。

おいお前ら聞いたか!?　あの学年のマドンナから『カッコいい』を貰《もら》ったぞ！

ただ、俺は内心の喜びをひた隠しに――隠せているとは限らない――して、姫野にふっと笑みを浮かべた。

「ありがとう。でもね、姫野さん。男子に無闇矢鱈《むやみやたら》に『カッコいい』なんて言っちゃダメだよ？」

「ん、激しく同意」

「は、はぁ……？　そうなのですか……分かりました。気を付けます」

表情こそにこやかなものの、物凄く真面目な俺と柚の指摘に、本気でキョトンとした後、頷《うなず》いた。

姫野……貴女にストーカーが付くのも分かる気がする。これが彼女自身が狙ってるならまだしも、無自覚なのだから余計恐ろしい。今度から同じクラスらしい柚にでも見張って貰った方がいいかもしれん。

「それで……何となく理由は分かるけど、お前、何でこんなことしたんだ？」

俺は抜け出そうとして苦悶《くもん》の表情を浮かべるストーカー少年に問い掛ける。

既に彼の動きも凶器も封じているので、何も出来ないはずだ。

「ん、返答次第で、警察に突き出す」

「…………」

柚は腕を組んで仁王立ちしながら冷たくストーカーを見下ろし、姫野は気まずそうに目を伏せていた。そんな俺達に少年が叫ぶ。

「な、何なんだよ……お前達はッ！　僕と芽衣ちゃんは愛し合っているんだぞ⁉」

おっと、またもや激ヤバ発言が飛び出てきたんですけど。いやまぁストーカーの言ってることは基本的に信じられないけども。

そう思いながらも眉《まゆ》を顰めた俺と柚が姫野に視線を向けるも、彼女自身も意味が分からないとばかりにぶんぶんと手と頭を横に振った。

「そ、そんなこと言っていませんっ！　彼は私と柚さんと同じクラスなのですが……あまり話したこともありませんし、あくまでもクラスメイトという関係なだけですっ」

「あ、そうなの？」

俺が二人に視線を彷徨《さまよ》わせて首を傾げれば、俺に肩をキメられたストーカーの少年は絶望したように声を漏らす。

「そ、そんな……う、嘘だっ……！」

「ん、初めて知った」

「お前……せめてクラスメイトの顔くらいは覚えろよ」

俺が『嘘だ』という言葉ばかりを呟いて現実逃避気味なストーカーを押さえながら呆れた風に言うと、柚はキョトンとした様子で無慈悲に告げる。

「ん、コイツに興味無い」

「ぐはっ……!?」

……何だろう。だんだんストーカーが憐《あわ》れに思えてきたぞ。いや勿論《もちろん》ストーキングも俺に凶器を向けたことも許されることでは無いのは分かってる。

ただ……好きだと思っていた人にただのクラスメイトと言われ、もう一人の美少女にはそもそも知られてすらいないときた。

「……お前、可哀想な奴だな……」

「ぼ、僕を憐れむな……！　芽衣ちゃん！　嘘だよね？　僕達愛し合ってるもんね？」

「ち、違います……！　そんな事一言も言ったことありません……！」

姫野がストーカーの狂気に当てられて、少し恐怖に身を震わせながらもはっきりと否定する。ここで下手に濁せば余計面倒なことになりそうなので、姫野には『ナイス勇気！』という言葉を贈りたい。

しかし、自分に不都合なことを言う人の話は聞かないか嘘だと断定するのがデフォルトのストーカーは、表情を真顔に変えて姫野を瞬きもせずに見ながら呟く。

「何で嘘つくの？　ねぇ？　僕達愛し合っているんだよ？　ねぇ？　ねぇねぇねぇねぇねぇねぇねぇねぇねぇ――うぐっ」

「はい、マジ怖いからストップ。ごめんけど超キモい。と言うかストーカーの闇堕ちとか全く興味無いんで、とりま大声で叫ばないでくれないか？　因みに訊《き》くけど、何を根拠に姫野さんがお前のことを好きだと思ったんだ？」

ストーカーの狂気に身を縮こめ、小さく『ひっ……』と悲鳴を上げる姫野の姿に、流石の俺も少し乱暴にストーカーの口を閉じさせ、原因を聞いてみる。因みに無表情がデフォルトの柚も、これには気持ち悪いと言いたげにうげぇと顔を顰《しか》めていた。

まぁ大方、先程の様に『カッコいい』とか『頼りになる』的なことを言われたんだろう。男子って可愛い子に笑顔で格好いいとか言われたら直ぐ惚《ほ》れちゃうもんね。

すると、先程まで目のハイライトが消えていたストーカーが急に自慢げに話し出した。

「ぼ、僕が数学の授業で誰も分からない所を解いたら、芽衣ちゃんが『中谷《なかたに》君凄《すご》いね』って褒めてくれたんだ！」

「うん、それで？」

「芽衣ちゃんが分からない所を教えてあげたら『ありがとう、中谷君』って笑顔で言ってくれたんだぞ！』

「……ん？」

「あ、あと、書道の時に『中谷君、字綺麗《きれい》だね』とも言われたんだぞ！」

「………で？」

「だから僕達は愛し合っているんだ」

「……んんっ⁉　え、ちょっと待って。時間プリーズ」

えーっと……今コイツが言った中に何か姫野芽衣がコイツを好きだと断定できることありました？　めちゃくちゃ苗字呼びだし、『凄いね』と『ありがとう』と『字が綺麗』しか言われて無いじゃん。最後なんか判断材料にすらならんやろ。

「………んんー⁉　あ、頭痛くなってきた……。いやもうさ……うん、今回は全部お前の勘違い！　姫野さんはお前のことが好きじゃ無い！　好きと判断できる要素ゼロ！　てか仮に好きだったとしても……やって良いことと悪いことがあんだろ。ストーキングして俺に刃物向けた時点で嫌われる要素しかないから」

「ん、キモい」

俺と柚は、呆れを通り越して憐れむ様な視線をオーバーキル気味なストーカーに向けた。

「な、何で……僕はただ……し、信じないぞ……！　屑《くず》と僕のことを知らない奴の話なんか！」

いや確かにどっちも間違ってはないけどさ。間違ってはないけど……本人が違うって言ってるんだから信じろよ！　好きな人の言葉を信じないで誰の言葉を信じるんだよ！

「あー……もうそれでいいや。んじゃ最後に一つだけ」

俺は少し手に力を篭《こ》めて問い掛ける。

「俺が二人に告白したって噂は……お前が流したのか？」

「そ、そうだよ……！　お前みたいな屑が芽衣ちゃんに近付いたら——」

「——あのさ、少しは彼女のことも考えてやれよ」

気付けば。俺は彼の言葉を遮って、自分でも思った以上に冷たい声色で言葉を紡いでいた。ストーカーが息を呑《の》む音が耳朶《じだ》を揺らすが……そんなモノ全く気にならない。

「俺は別にいいよ、自業自得だし。だけどさ、姫野さんは関係ないじゃん。彼女は断っただけだぜ？　何でわざわざ姫野さんと柚の名前を挙げて言ったんだよ」

そう、本当に俺が嫌なら『佐々木が一日に二人の女子に告白した』という噂を流せばよかったはずだ。仮に女子が誰かを聞かれても、後ろ姿しか見えなくて分からなかったとでも言っておけば済む簡単な話。

わざわざ姫野と柚の名前を挙げて、この騒動に巻き込む必要は一切ない。

現に柚は外野が鬱陶《うっとう》しいとか言っており、それなりに被害に遭っている。もちろん元を正せば俺が悪いという事実は変わらないのだが……。

「ま、俺が言いたいのはそんだけだよ。取り敢えず姫野さん、警察……姫野さん？」

俺は黙り込んだストーカーから視線を外して姫野の方に移すと、何故か少し目を見開いて俺を見つめている姫野の姿があった。

もちろん彼女が驚いている理由なんざ一ミリも分からない俺が、訝《いぶか》しげに眉を顰めて首を傾げながら再度問い掛ければ、姫野がハッとした様子で慌てて口を開く。

「あっ、も、もう通報しましたっ。佐々木君がナイフを突き付けられた所は柚さんが動画に撮っています」

「ん、バッチリ」

「マジかよ、シゴデキじゃん」

こうして俺達は、少し時間が経ってやって来た警察官達にストーカーを引き渡し、取り調べ的な事を受けるために警察署に連れて行かれるのだった。

もちろんあっさり解放された。

第4話　祝杯だ!!

ストーカーを無事撃退した次の日の朝。
達成感と共に清々しい朝を迎えた俺の身に起きたことを端的に話そうと思う。
――腰が抜けた。
俺は朝起きて腰が抜けた。人生で初めて腰が抜けたかもしれん。あれだね、腰が抜けると脳がバグるんだね。良い経験になった。間違いなく今後二度と必要のない知識だろうけど。
俺の腰が抜けた理由は、今もなお俺のスマホに何度も送られてくるL◯NEのせいだった。
《芽衣《めい》：今日、一緒に私も登校したいです!!》
《ゆず：おけ》
《ゆず：（子猫がOKの文字を掲げているスタンプ）》
《芽衣：ありがとうございます！》
《芽衣：因みに何時に集合とかあるのですか？》

「──おい、遂に学年の美少女二人と登校するのか……!?　夢だよな？　流石にこれは夢だよな……!?」

スマホを顔に近付け、何度読み返しても全く変わらないL◯NEのトーク画面を眺めながら、現実かを確かめるべく結構な力を込めてクローゼットの角に小指を──。

「──!?!?!?!　いっっっったっ!?　やっぱい……完全に力加減間違えたんですけどっ!!　ぐおおおおおお痛ぇぇぇぇぇ……!!」

ぶつけたまでは良いものの、予想以上に勢い良くぶつかり、あまりの痛さにスマホが落ちるのも無視して左足の小指を押さえる。

朝っぱらから自室で一人左足の小指を押さえて痛みに悶絶《もんぜつ》する俺。大変滑稽《こっけい》なり。

ただ、この物凄《ものすご》い痛みと引き換えに、どうやらこれが現実であることが分かった。

明らかに対価が釣り合っていない。

「──って集合時間あと十分じゃん！　やべぇ急がねぇと……！」

たまたま視界の端に映ったスマホの画面で時間がヤバいことに気付いた俺だったが……小指から脳に送られる激痛が完全に俺の動きを奪っていた。相も変わらず立ち上がれないくらいに悶絶中である。

くそッ……もっと早く此処《ここ》が現実だと気付いていれば、こんな痛みを感じることもなかったのに……！　ああ、数分前に戻りたい。戻って小指をぶつける前に頭を引っ叩《ぱた》いてやるっ！

なんて考えながらも、俺は痛みで目に涙を浮かべて足を引きずらせて部屋を出る。階段は手すりに全体重を掛けて何とか下りた。

階段さえ乗り越えれば、後はこっちのもの。

そう思っていた時期もありました。我が家に誰がいるのかをすっかり忘れていました。

「おいおい相変わらず起きるの遅──どうしたんだよ、そんな足を引きずらせて」

ソファーに寝巻き姿で寝転がりながらスマホを触っていた兄貴が、負傷した足を引き摺《ず》る俺の姿に目を丸くして身体を起こした。

相も変わらず激痛を引き起こす小指になるべく衝撃を与えないように洗面所に向かいつつ、俺はギロッと兄貴を睨《ね》め付《つ》けると。

「小指をぶつけたんだよ、見ればわかるだろうがクソ兄貴」

わざわざ聞くなと言わんばかりに吐き捨てるように告げた。付け足すならものすげえ急いでんだよこっちは。

しかし俺の言葉を聞いた兄貴が少し目を見開いたかと思えば……思いっ切り噴き出した。

「──ブフーッ！　ぶはははははははっ！　上からゴンッて大きな音が聞こえたかと思ったらお前だったのか！　ダッセェ！　ぶわははははははっ！」

こ、こんのクソ兄貴ぃぃ……っ!!　他人事《ひとごと》だからって馬鹿にしやがって……!!

「これだから朝っぱらから兄貴に会いたくないんだよっ！　さっさと大学行け半ニート野郎が！」

「残念でしたー今日は昼からでーす」

「お母様ー、お母様ー？　このクソ兄貴のケツをぶっ叩いてくださいっ！」

「残念。母さんはもう出たぞ」

「……こ、今度マジで痛い目見せてやるからな！　朱里《あかり》さんにもチクってやる！」

「なっ――それはズルだろ。朱里はカンケーねぇじゃねぇかよ」

「五月蝿《うるさ》い、弟を舐《な》め腐った罰だ」

なんてお互いに憎まれ口を叩き合いながらも、上半身は無傷な俺は超速で顔洗って歯磨きして口臭ケアして――制服のズボンと靴下を履く時は細心の注意を払って着用したのち、朝ごはんも食べずに外に飛び出す。

これに掛かった時間――九分。そして集合場所まで走っても――ざっと五分は掛かる。

まぁつまりは――。

「――全然間に合わんじゃねぇかよくそったれが!!」

それでも俺は、なるべく早く到着するために全力疾走で目的地へと急行した。


「――という事の次第ですね、はい」

「ん、馬鹿」

「何も言えません」

「えっと……し、しょうがないんじゃないですかっ!?」

「うん、姫野《ひめの》さんのその気遣いで荒んだ心が癒されるわ……」

「ふぇっ⁉　わ、私の言葉にそんな力はありませんよっ⁉」

見事遅刻をかました俺は今日朝あったことをありのまま二人に話すと、案の定俺の予想通り柚《ゆず》は俺を馬鹿にし、我らが女神——姫野様は優しくカバーしてくれた。

まぁ今回ばかりは完全に俺が悪いので、柚に馬鹿にされて責められるのも当たり前なのだが。寧ろニコニコで『良いよ』なんて言われた日には、怖過ぎてこっちから土下座をかますかもしれない。

実際、俺は集合時間に数分遅れた。俺が集合場所に着く時には既に二人とも居たので、速攻で謝った次第である。

「ん、もう良いから行こ」

「そうですね。誰しも失敗はあります。次から気を付ければ良いのですよ」

「うっす。肝に銘じます」

一瞬俺へと呆《あき》れの孕《はら》んだ視線を送ったのち、すんっとした表情で歩き出す柚の姿に苦笑を浮かべながらも励ましてくれる姫野。そんな二人の後ろを恭しくついて行くバッドボーイこと俺。

いやでもさ……普通夢だと思うじゃん。起きた瞬間に美少女達から『三人で登校しよう』とか来てたら誰しもが夢を疑うぞ。

あとさ——。

「――どうして俺を挟むんですかね？　正直物凄く落ち着かないんだけど……」

恭しく二人の後ろを歩いていたはずの俺の左右を挟むような形で柚と姫野が歩いている。

こんな姿を学校の誰かに見られたら最後、また新たな噂が追加されることだろう。

本当に俺の両隣を歩くのやめません？　せめて二人が隣同士で俺がどっちかの横の方がまだ落ち着くんだけど。どうです？　ダメですか、そうですか……。

「……俺いつ刺されるか分かったもんじゃないんだが？」

「ん、知らない」

「知らない⁉　友達なら少しくらい友達の身体を労れよ！」

「私もこのままでいいと思いますっ！」

「姫野さんまで⁉」

神よ……俺の味方は居ない様です。

俺は何故か強情な二人に困惑しながらも、仕方ないのでそのまま学校に向かう。

ただ、この二人に挟まれた状態が俺視点でも傍《はた》から見ても完全に両手に花なので……正直周りの目が痛くて仕方ない。生徒だけじゃなくて、道行く通行人にも三度見されるほどだ。

まぁ……二人はそこらのアイドルとか女優より断然可愛いし、二度見するのは分かる。

ただ――最後に『何でお前程度のモブ男が美少女の間に？』的な視線はやめて頂きたいのだが！　俺だって知らねぇもん！　何でか知らないけど、位置を代わろうと思って止まったら二人とも止まるんだもん！

「ん、えーた挙動不審」

「一体誰のせいだと……うぅ、もうツッコむのも疲れたよ……」

俺は周りにウチの生徒が増えて来たのを見ながら、これからまた新しい噂が飛び交うんだろうなぁ……ともはや他人事のように再度思う。主に俺の評価を下げる感じの噂が飛び交うことだろう。肩身が狭いね。スクールカースト作ったら最下層の更に下なんじゃない？

「よし、開き直ってこれから刺されないように二人の近くにいよっと」

「ん、任せろ。鉄壁守子《てつぺきまもるこ》の名が火を噴く」

「ふふっ、三人でたくさん遊びましょうっ！」

ああ……美少女に一緒に遊ぼうと言われるなんて嬉《うれ》しいなぁ……。それと柚、お前のそのヘンテコにヘンテコを突っ込んだ闇鍋《なべ》みたいな名前はどこから持ってきた？　ダサ過ぎて逆に触れ辛かったわ。

なんて思うと同時に――俺はとある重大なことに気付いた。

――あっ…………二人が居ない教室で俺はどうしたらいいのよ……？

俺は頭を抱えた。

□

「――お前、とんでもないことになってんのな」

「……俺達が煽《あお》ったからだって思ったら、罪悪感が凄《すさ》まじいんだけど」

二人と別れてから影を薄くして入ろうとは頑張ったものの……学校の扉って意外と開閉の時の音が五月蠅いんだよな。だからいくら俺が気配を消そうとも音でバレちゃうわけ。

つまりは――普通に目立った。

今でこそ和樹《かずき》や康太《こうた》と話せるくらいには落ち着いているが……教室に入った瞬間は凄まじかった。登校時に俺が学年の二大美少女と一緒だったのを見た奴も多くいたらしく、一気に質問責めという名の拷問に遭ったのである。地獄かな？

「……青春に飢えた高校生怖い」

未だに目を光らせて俺を注視するクラスメイト達の姿に戦々恐々としていると、何言ってんだコイツと言わんばかりの表情をした和樹が俺を指差した。

「お前も高校生じゃん」

「黙れ。青春に飢えた高校生の上位互換――青春謳歌《おうか》野郎が喋《しゃべ》るんじゃねぇ。あとお前らも俺に関わったら面倒なことになるだろうしどっか行け」

「めっちゃくちゃ良い奴だなお前」

「それな。口悪いかと思ったら急にいい奴になるなよ、ギャップで風邪引くだろ」

俺がヤンキーの如くガンを飛ばしてシッシッと手を振れば、二人が呆れながらも笑って自分の席に戻って行った。

当然二人が居なくなれば俺の周りは静かになり、より一層周りの視線に意識が向いてしまう。しかし俺が目を向ければ直ぐに逸らされてしまうので、話すことも出来ないという負の連鎖。

そんな死ぬほど気まずい雰囲気の中で既に泣きそうになっていると、通知音オフにした俺のスマホがズボンのポケットの中で連続で振動する。

まぁ大方柚が放課後ゲームしようとか、今日の弁当の中身はどんなのかなどと言っているのだろう。アイツもアイツで俺にしか連絡しないとか相当ボッチだよな（特大ブーメラン）。

なんて現在絶賛ボッチの俺がスマホを取り出して通知を確認すると――。

《ゆず：パーティーをしよう》
《ゆず：ストーカー退治祝賀》
《ゆず：（猫がドヤ顔しているスタンプ）》
《芽衣：良いですねっ！》
《芽衣：いつですか？》
《芽衣：（服に「めい」と書かれた女の子が頭に『？』を付けて首を傾げるスタンプ）》
《ゆず：今日》
《ゆず：放課後》
《芽衣：今日ですか？》

《芽衣：今日はカフェ店でのバイトなのですが……》
《ゆず：じゃあめいのバイト先行く》
《芽衣：それなら多分大丈夫だと思います》
《ゆず：ん、えーたも行くぞ》
《ゆず：強制》
《ゆず：（黒い笑顔の猫のスタンプ）》
………勝手に進められている件。俺に予定があるとか思わないのかね？　てかMVPの俺の意見をフル無視とは一体どういう了見か聞かせてもらおうじゃないか。
「うーん……相変わらずの横暴さ」
この図々しさ……メンタル雑魚《ざこ》の俺からすれば、もはや尊敬の念すら覚えるね。と言うか本当に今更だけど、しれっと美少女二人のグループに入ってる俺って凄《すご》くね？きっとそこらの陽キャよりリア充人生送って……ないな。どうせ陽キャ達は可愛い彼女とイチャイチャしてるよな。もちろん羨《うらや》ましいなんて爪の先くらいしか感じてないけど。
なんて考えている内に、更にL○NEで《えーた、返事》との催促が届いたので、俺は慌てて返事を打つ。
《瑛太《えいた》：おいゆず》
《瑛太：俺の意見を無視するな》
《ゆず：じゃあ行かないの？》

《瑛太：もちろん行きます》
《芽衣：行くんですね笑》
《瑛太：この世に二人に誘われて行かない男子は居ないって》
《ゆず：えーた以外誘わない》
……………これは一体どういう意味だろうか？
俺は思わずフリックの手を止めて、真剣な顔で考える。この時だけは周りの視線が全く気にならなかった。
もしこれが普通の男女の会話ならば……間違いなく女子側に気があるとしか言えない文面だろう。仮に違ったとしたら、思わせ振りな態度過ぎて相手の女子のあだ名を『悪女』にしてしまう恐れがある。
しかし相手は柚だ。恋愛の『れ』の字すら興味のなさそうな顔をしている柚だ。そして——俺をノータイムで振った柚だ。間違いなく前者で述べたような甘酸っぱい恋愛に発展する系の意味ではないはず……。
《瑛太：どゆこと？》
《ゆず：えーた以外に男子の L○NE 持ってない》
《瑛太：なるほど》
ですよねー、もちろん分かってましたとも。寧ろいつも通りの柚過ぎて安心すらしてるよ。いつも通りと言えるほど柚と長い付き合いではないけれども。

《瑛太：てか姫野さんのバイト先ってどこなんだ？》
《芽衣：あ、送りますね》
《芽衣：（写真を送信しました）》
《芽衣：それと申し訳ないのですが、シフトの都合で先に行かせて貰《もら》いますね》
《ゆず：おけ》
《ゆず：（猫がグッと親指を立てているスタンプ）》
《瑛太：了解》
《瑛太：なら俺とゆずで写真の場所に行くわ》
《ゆず：えーたは正門前集合》
……この子はやっぱりちょっと抜けているのかもしれない。
そもそも正門は生徒のほぼ全員が帰宅に使うルートなのだ。なので、一躍この学校で時の人となっている俺が正門前で待っていたら大量の生徒に見られることは予想に難くない。そしてその相手が柚だと分かった瞬間どうなるかも容易に想像できる。
――また変な噂が増える、だ。
これ以上根も葉もない噂を流されるのは流石にキツい。だからここは何としても変更してもらわねば。
《瑛太：嫌だ》
《瑛太：目立つじゃん》

《瑛太：別の所にしよ》
さぁどうだ……!?
《ゆず：おけ》
「──っし!!　きたきたきた……!!」
意外にも素直に俺の願いを聞き届けてくれた柚に感謝すると共に、希望が生まれたことへのあまりの嬉しさに小さくガッツポーズをする。
しかし、気を抜くにはまだ早い。ここで俺が最適な場所を提案して、それを了承してもらうまでやって初めて気が抜ける。それまでは油断したら駄目だ。
そう意気込んでスマホの画面に視線を戻し──。
《ゆず：正門前と、私のクラスの前と、えーたのクラスの前》
《ゆず：どれがいい？》
《瑛太：正門前で》
まさかの三択に、俺はあっさりと白旗を上げたのだった。

□

《瑛太：ごめんなさい》
《瑛太：今終わったんで今から向かいます》
《ゆず：遅い》
《ゆず：全力ダッシュ》
《ゆず：（猫がガンを飛ばしたスタンプ）》
「こいつ猫好き過ぎだろ。どんだけ猫のスタンプのレパートリーあんだよ……。もう猫カフェとか経営すれば良いのに」
楽しいことが直近にあると時間が進むのが予想以上に速く、気付けばもう放課後である。
俺は階段を駆け下りながら、グループではなく個人のトーク画面で柚から絶え間なく送られるスタンプの嵐に頬を引き攣らせていた。偶に踏み外しそうになって肝が冷えて引き攣るのもあるが。
「くそう、あんの湯崎《ゆざき》め……！　今日に限って話長すぎだろ！　まぁお陰で帰宅ラッシュからちょっと時間がズレて、俺的には嬉しいんだけどさ」
そう、こんなに俺が急いでいるのは——普段は面倒臭がって手早く済ませることで有名な担任の湯崎が、今日に限って帰りのＳＨＲで長々と話をするというレアケースに見舞われたからだった。
お陰で絶賛階段から半ば落ちるように移動しているわけである。
「柚の奴、怒ってそうだなぁ……」

しかも柚の場合は怒っていても大して表情は変わらず、纏《まと》う雰囲気とか視線が異様に冷たくなるからタチが悪い。怖いのよ普通に。

なんて考えて気持ちが沈む中、俺が約束の場所である正門前に行くと――案の定不機嫌オーラを纏った柚がスマホを触りつつ一人で待っていた。

そのせいかは定かじゃないが、帰宅する生徒達の視線を集めているのに、誰一人として柚に話しかけようとする者はいない。

相変わらず人気なのかそうじゃ無いのか分からん奴だなぁ……と思っていると、柚が俺に気付いたらしく、此方《こちら》を見てはむっと眉《まゆ》を寄せつつ、露骨に腕を組んで仁王立ちで俺の前に立ちはだかった。

「――ん、遅い」

「本当にごめんなさい。いやでもこんなに遅れたのには事情があるんだよ」

「ん、えーたの奢《おご》り」

「嫌に決まっ――まぁいいぞ」

「…………えっ？」

「おい、流石に失礼すぎないですかね？　俺のことを一体何だと思ってんの？」

いくら俺のせいではないとは言え結構な時間を待たせてしまったので、柚の要望を俺が素直に受け入れると……何故か柚が驚きに瞠目《どうもく》して小さな声を漏らした。

これには流石の俺も半目でツッコむが、すかさず半目で反論された。

「ん、面倒くさがり、甲斐性《かいしょう》なし」

「ぐっ……甲斐性なしはしゃーないじゃん！　こちとら高校生やぞ！　と言うかあんな何千円もポンポン出せる柚がおかしいんだよ！」

「ん、めいは先行ってる。さっさと行こ」

「切り替え早いなおい……」

先程のお怒りモードはどこにいったのか、すんっとした表情で先を歩き出す柚。相変わらずマイペース過ぎる彼女にはため息しか出ない。

俺は仕方がないとばかりに肩を竦《すく》めて先を歩く柚へと歩みを進め――同時に周りの視線が柚だけでなく俺にも向いていることに気付いた。

気まずいながらもどんな話をされているのか興味が湧いて聞き耳を立てると。

「……アイツ……最近話題の屑《くず》野郎だよな？　何でも姫野ちゃんにまで手を出してるらしいぞ？」

「うわっマジかよ……。アイツ、あの人間のバケモノが集まったファンクラブが怖く無いのか……？　俺なら速攻手を引くぞ……」

……ファン、クラブ……？　そんなアイドルの宿命みたいな過激派集団（エグい偏見）がこの学校にいるんですか？　てか二人にファンクラブなんてあったのですか？

さっきの男子の口ぶりからして、ファンクラブは二人に近付く奴を消して回っているらしい。しかも噂になるくらいの人間のバケモノ集団ときた。

そんな奴らが俺を――。

「……うん、もう考えない様にしよう」

「？　えーた？」

「いや、何でもない。楽しみだなぁー！」

俺は現実逃避と分かっていながら現実から全力で目を背けると、訝《いぶか》しげに見つめてくる柚の視線からも逃れるように目の前の幸せな時間のことだけ考えることにした。

□

「…………ここが姫野さんのバイト先……」

綺麗《きれい》な現実逃避に浸る俺は、コ◯ダ珈琲《コーヒー》の様な雰囲気を醸し出す個人経営っぽいカフェを眺めながら呟《つぶや》く。

いつもの俺なら絶対に行かないし、見向きもしないであろう場所だが……姫野さんのバイト先と言われれば不思議と毎日でも通いたくなる。

なるほど、これが美少女の力か。学校の生徒全員にこの情報流せば俺が英雄と祭り上げられて姫野さんの給料上がるかな？　まぁもちろんしないけど。絶対迷惑になるし、もしそれで上がるなら既に姫野さんが言ってそうだし。俺よりよっぽど発言権あるんだから。

なんて俺が外観だけを眺めながらぼーっと考えていると、中々入ろうとしない俺に痺《しび》れを切らしたらしい柚が、俺の腕をガシッと掴《つか》んで店の中へと闊歩《かっぽ》する。

「ん、早く入る」

「ちょ、ちょっと待ってって！　まだ心の準備というものが——」

「い、いらっしゃいませっ！　二名様で宜しいでしょうか？」

「!?」

「ん」

「では此方の席へどうぞ」

柚に引っ張られて心の準備もできてない内に店内に入ってしまったために、エプロンに身を包み、ベレー帽を頭に被った姫野の可愛さの暴力に、俺の紙みたいな心の防波堤はあっさり決壊してしまう。

しかも接客の相手が知り合いだからか、少し恥ずかしそうに頬を染めながらも真面目な性格ゆえにちゃんとした接客をこなさないと……という葛藤《かっとう》が見えるその姿もまた良い。

「佐々木《ささき》君？」

「ん、気にしなくていい。どうせ、直ぐ戻る」

何か失礼なことを言われた気がするが……まぁ可愛い店員に免じて見逃しておいてやろう。俺が寛大な心の持ち主で良かったな。

そんな戯言も交えつつ、何とか昇天するギリギリで意識を取り戻した俺が、可愛い店員

に連れられて四人掛けのテーブルに座ると……店の奥から如何《いか》にもこの喫茶店の店長そうなイケおじが現れ、朗らかな笑みを浮かべて俺達に言った。

「御来店誠にありがとうございます。私はこの喫茶店の店長を務めている……名前は良いか。気軽に店長と呼んでくれ。ところで……君達がウチの看板娘のお友達かな？　どうだね、芽衣ちゃんのこの服装は？」

「もう超絶可愛いです。この姿が見れるなら毎日県が違っても通いますね。流石の慧眼《けいがん》です店長。一生ついていきます」

「ん、超絶キュート。めいに、ぴったり」

「ははっ、そうだろうそうだろう！　何せ美人な芽衣ちゃんの為に特注で作ったからね。彼女に着せるのに中途半端な服じゃ駄目なんだよ」

おいおい……よく分かっているじゃないか店長。美人はどんな服でも似合うけど、真に似合う服を着た時は数倍の可愛さを誇るんだよな。そんでそのことを知っているとなると……店長アンタ、もしかしなくても天才だな？　やっぱり一生ついていきます。

「や、やめて下さいよ……っ！　言われている身としては恥ずかしいんですからねっ」

俺が尊敬の目を店長に向けている傍ら、三人からの褒めの集中砲火を食らった姫野が横で羞恥《しゅうち》やら照れで顔を真っ赤にしつつ、顔を両手で覆いながら身体をプルプル震わせて悶《もだ》えていた。その姿もまた一段とかわよ。

だが——何故だろうか。何かもう少し悶えさせたくなってきた。たぶんもうちょっといけば素晴らしいモノが見れると俺の勘が告げている……!!

なんて考えながら残りの二人に目を向ければ——案の定、柚も店長も同じ様に考えているらしく、初対面のはずなのに三人で一瞬でアイコンタクトを取ると。

「ん、めいはどんな時も、超キュート。写真撮りたい」

「任せな柚。俺はこういう時の為に一眼レフを持ってきているんだ」

「ん、ナイス。えーたにしてはやる」

「素晴らしいな少年。さて……そのカメラを貸してみなさい。三人のことを私が撮ってあげよう。何、これでも元カメラマンなのだよ」

「あっ、あっ……」

まるで示し合わせたかのように、俺達が姫野の写真会をするべく彼女を置いてけぼりにして話を進め……遂にはノリノリな店長が「クローズ」の看板を外に出して完全に貸切にしてくれる始末。コレに関してはこの店長がマジで良い人過ぎる。

そしてそのお陰で——周りの目を気にせず祝賀会が開けるというものだ。

「ふぅ……これで準備万端だな」

「ん、完璧《かんぺき》」

「さぁ芽衣ちゃん、二人の近くに寄りなさい」

「あ、あの店長……」

「大丈夫だよ芽衣ちゃん。ちゃんとこの時間も時給出すから」

「い、いえ、大丈夫ですっ！　働いていないのにお金を貰《もら》うのは――」

ブンブン頭と手を振って遠慮する姫野に優しい笑みを浮かべて店長が言う。

「いいんだよ芽衣ちゃん。折角初めてのお友達が来たんだ。そんな時にも高校生を働かせる程酷い大人じゃ無いよ」

いや、普通はどんな事情があっても仕事なら働かせるんよ。ただ店長……アンタがめちゃくちゃ器大きくて優しいだけだろ。

何だよここ……俺もここで働きたいんだけど。何なら俺がここに就職して定年まで働いていたいわ。絶対クソ楽しいじゃん。個人経営以外で欠点ないですやん。

マジで良い所でバイトしてんなぁ……と姫野のことがちょっと羨《うらや》ましくなっていると、姫野が感極まった様子でペコペコと頭を下げていた。

「ほ、本当にありがとうございますっ！」

「ははっ、良いんだよ。私自身も気になっていたからね。毎日芽衣ちゃんが二人のことを楽しそうに話すから」

「て、てんちょ……!?」

姫野さん……俺達のこと話してたんだ。美少女の会話の種になれるとか……光栄過ぎて涙出そう。

「なぁ柚……これって夢じゃないよな？」

「ん、私が殴って目を醒《さま》させてやる」

「ああ！　此処《ここ》は現実だ！　なんて素晴らしい世界なんだ！」

あまりの非現実さに夢を疑う俺に、握《にぎ》り拳《こぶし》を顔の横でチラつかせて無表情のまま小首を傾げる柚。その立ち姿はマジで殴ってきそうな雰囲気を放っており、もちろん俺は直ぐ様目を逸らした。

「はははははっ！　本当に面白い子達だな。でもとてもいい子そうじゃないか。よかったね芽衣ちゃん」

「はいっ！　二人は私の大切なお友達ですっ！」

目一杯に破顔した店長の言葉に、少し照れながらも嬉《うれ》しそうに笑顔を咲かせる姫野の姿は、学校で浮かべている笑顔などより遥《はる》かに綺麗で可愛かった。

きっと自分にストーカーがいると分かって心中穏やかではなかったであろう姫野が今は笑えていることに、俺と柚は一度アイコンタクトを取り——小さく笑みを零すのだった。

余談だが——店長から奢って貰った手作りのコーヒーもケーキもコーヒーゼリーもどれもめちゃくちゃ美味かった。

第5話　美少女達のいる生活

時が経つのは別に早くはないが、姫野《ひめの》のバイト先での祝賀会から早数日が経ち……遂に時期は六月に到達した。

六月というのは俗に言う『梅雨』の時期であり――多分この時期が好きな人なんていないんじゃないかな？　もちろんこの月が誕生日の方々には悪いけど、俺は梅雨過激派だから。

この世には雨が降ったときとかに頭が痛くなる『低気圧』の人間がいてな？　俺もその一人なんだけど……マジでなんもやる気が起きないんだよ。仮にやらないといけないことがあっても『まぁ後でいいか……』という思考に陥りやすいのはホントに困ったもんだよな。

「……雨かぁ……」

散々雨が嫌だ嫌だと言ったわけではあるが……今現在俺の目の前では、大雨ではないもののの、決して小雨ではない程度の雨が降っている。空模様もどんよりとしていて心持ちまでどんよりとしてくる気がして……まだ登校中にも拘《かか》わらず、俺は小さくため息を零した。

「ん、えーたのテンション低い」

「そりゃ低くもなりますがな。見てみ、雨が降ってるだろ？　雨ってだけでテンションはだだ下がりだよ。屋上に行ってみろ、確定で風邪引けるぞ」

テンションが下がるってことを知らなそうな世界無表情代表である柚《ゆず》の言葉にローテンション気味に返すと。

「でも、雨の日って少し楽しくないですか？　ちょっと特別な感じがします」

俺が土下座でもする勢いでお願いした結果が実り——俺ではなく柚の横を歩く姫野が少し身を乗り出して俺を見つめながら言ってくる。

因みに別々登校は諦《あきら》めた。もう噂が出回っているし気にするだけ無駄だと割り切ることにしたのだ。

そんなことは置いておいて、如何なる瞬間も可愛いで溢《あふ》れている美少女は目の保養になるなぁ……なんて、口に出せばドン引き間違いなしなキモいことを考えながら、彼女の前向き過ぎる考えに感嘆の声を漏らした。

「ほえ……その考えは無かったわ。流石は姫野さん。美少女は感性まで美少女なんだな。頼むからその清い心で俺の腑《ふ》抜《ぬ》け切った心も浄化してくれ」

「ふえっ⁉　いきなり、な、何を言ってるのですかっ⁉　……あっ、もしかして私を揶揄《からか》ってるんですか……っ？」

驚いた様子で目を見開いた姫野だったが、直ぐにムッと僅《わず》かに頬を膨らませてジトーッとした目を向けてくる。この前のバイトで散々俺達に言われたせいか少し疑り深くなっているらしい。

「や、別に揶揄ってもないし何もしないからね？　だからそんな警戒心を露わにしないでよ。ただでさえ豆腐メンタルの俺のメンタルが既に雨で穴開きまくってるんだから一撃だぞ」

「ん、今のはえーたが悪い」

「何で事実を言っただけで俺が悪者になんのよ……」

「可愛いは正義」

「否定はしない」

「たまに御二人の会話の意味が分からないです」

姫野が俺達の脊髄《せきずい》反射みたいな会話に付いてこられず不服そうにしているが……別に分からなくて良いと思うよ。別に分かったところで一ミリも得になることなんてないだろうしな——って、そうだ。

「姫野さんが恥ずかしがるので思い出したけど……」

「どういう思い出し方ですかっ⁉」

「ん、ツッコまない方が良い。えーたは、こういうもの」

「は、はぁ……？」

いや待てよ。誰がこういうものだ、誰が。超特大ブーメランだろ。

「何がこういうものだよ。分からないって点で言えば、俺の数千倍くらいは柚の方が分かりにくいだろ」

「む、そんなこと……ない」

「ほら見たことか。自分でも自信ないいんじゃん」

初めこそムキになって眉間《みけん》に皺《しわ》を寄せながら宣っていたものの……言っている途中で俺の半目と姫野の苦笑交じりな表情を目の当たりにしたことによって自らの行いを振り返ったらしく――最終的には何とも言えぬ複雑な表情を浮かべるのだった。

珍しく柚に口で勝てたことに俺が僅かに気を良くしていると、流石に柚が可哀想になったのか、姫野が苦笑気味に尋ねてきた。

「それで……佐々木《ささき》君は何を思い出したのですか？」

そんな彼女の言葉に、俺は待ってましたとばかりにドヤ顔を浮かべた。

「――ギャグ映画で爆笑したい」

「私が恥ずかしがること全く関係なくないですか⁉」

「ある‼」

「ええっ⁉」

いやぁ……脈絡もへったくれもない俺の言葉にちゃんと反応してくれるこの子マジで最高なんですけど。

それに比べて……見てみろ、俺の横ですんっと一切表情を変えること無くだんまりを決め込んでいる柚とかいう奴を。朝なのにもうバッテリー切れてるじゃん。昨日ちゃんと寝たのか？

「……ん、賛成。めいも行こ」

「お、ちゃんと生きてたんだな」

「ん、喧嘩《けんか》なら買う。水溜《みずたま》りで跳ねる」

「絶対やめろ。──いやマジでやろうとすんなよ！　悪かったって！　この子思い切り良すぎて怖いんですけど!!」

俺は、ピクリと眉《まゆ》を痙攣《けいれん》させると共に近くの水溜りに目を向けたかと思えばトコトコと何かに取り憑《つ》かれたかのように歩いていく柚の行く手を阻む。すると、行く手を阻まれた柚が意味が分からないといった風にムッと口を尖《とが》らせた。

「……む、何で」

「何でもクソもないだろ！　お前、一日中ビショビショのままで過ごしたいのか!?」

「……」

俺の説得が何とか実を結んで何かを考え込む素振りを見せる柚へ、トドメとばかりに姫野がそっと手を取って笑みを浮かべる。

「柚ちゃん、ここは一度落ち着いてください。今日は私もバイトがないですし、この前給料日だったので私もお金がありますっ。だから一緒に映画を見ましょう！　きっと楽しいですよっ！」

「……ん、めいの顔に免じて、許してあげる」

不承不承といった風に引き下がり、姫野の手を握ったまま歩く柚の姿を眺めつつ、俺と姫野は互いに目を見合わせると……苦笑交じりに肩を竦《すく》めるのだった。

因みに後に判明したことだが、この時柚がこんなに面倒だったのは——低気圧だったからしい。

いやお前もかよ！

□

「——いやぁ気分は空模様と一緒で最高、晴れ渡ってるわ！　やっぱ晴れが一番！」

「ん、激しく同意」

「どうして朝より放課後の方がテンション高いんですか……？」

バッキャロー、そんなのこれから訪れる素晴らしいイベントに心躍っているからに決まっているじゃないか！　序でに晴れてくれたおかげで多少頭痛が治まったのもデカい。

俺はまだギリギリ夕焼け空とは言えない空を見上げて……飛行機雲が一向に消えずに残っているのに気付き、そっと目を背けるのだった。俺は何も見てない。

「てかマジで雨止んでくれて助かったわ。傘差して歩くの地味に怠いんだよな」

「ん、激しく同意」

「激しく同意ｂｏｔかな？」

「『ん』までがセット」

「「そこにこだわりあったんだ……」」

全然威張るところじゃないはずなのに胸を張る柚の姿に俺と姫野が小さく零す。

やはり不思議ちゃんの名も伊達《だて》じゃない。多分一般人とはかけ離れた感性で生きていそう。こういう人を世の人は天才と言うわけか。

「あの……ところで、どんな作品を見るのですか？」

「もちろん決めてないけど？　行って良さそうなの見つけて見るってのが普通なんだよ」

俺がそう言えば、姫野がジトーッとした湿っぽい視線を向けてくる。

「……流石に私でもそれが違うのは分かりますからね？」

「え、俺は基本的にそうだけど？」

「えっ？」

「ええっ!?」

「ん、うるさい」

「や、一つ前よりうるさくハイテンションにするあのゲームをしたいのかと思って」

「………………」

や、ホントに軽いジョークですって。だから本気で五月蝿《うるさ》そうに渋い顔をするのは止めてください。ほら、今ガラスのハートがヒビ割れる音が聞こえてきたから。俺が生きた屍《しかばね》になる前に……生きた屍??

どうやら、自分で考えているくせに自分で考えたことの意味が分からないという珍事件が発生する程度には——柚の本気の嫌そうな顔が俺の心にクリティカルヒットしているらしかった。よわすぎないか、俺の心。

俺が自分でもビックリするくらいにメンタルが弱いことに気付いて更に凹むという負のループに入りかけていると、よほど俺がショックを受けたような顔をしていたらしく、心優しい姫野が心配げに眉尻《まゆじり》を下げつつ上目遣いで覗《のぞ》き込んでくる。

「さ、佐々木君……？　大丈夫ですか……？」

「あ、うん、ダイジョブダイジョブ。多分三日くらい寝込めば治るから」

「それって大丈夫じゃないのでは……？」

「そうとも言うな。——あ、目的地はもう間もなくだぞ」

相変わらず近くに寄られると緊張してしまうせいでものの見事に話の着地点を無事見失った俺は、イ○ンの外装に掲げられている映画館のマークに視線を移して話を逸らす。すると、姫野はくすっと笑みを零しながらも話に乗ってくれた。

「まさかこんなに直ぐにもう一度イ○ンに行くとは思いませんでした……」

「そう言えばあんまり行かないって言ってたもんなぁ……」

「ふふっ、そうですね。これも全部——二人が私と友達になってくださったおかげです」

感慨深げに零したのち、俺達に向けて少し照れながらはにかむ姫野。そのあまりにも可愛いが詰まった姿にあっさりと心を射貫かれた俺と柚は、お互いに目配せをすると同時。

「「――チケット代もポップコーン代も奢《おご》る」」

「ええっ⁉」

俺達がそう高らかに宣言すると、姫野は驚きの声を上げるのだった。

□

――放課後とは言え、なにもない平日だから人が少ない……なんて思っていた時期が俺にもありました。

まぁ多くても精々チケット販売機で数分並ぶくらいでしょ……なんて余裕綽々《よゆうしゃくしゃく》に根拠のない自信を振りかざして予想を立てていた時期が俺にもありました。

「いやぁ……まさかあんなに多いとはなぁ……」

「……ん、まさかあれほどとは。予想外」

「あれは映画館に殆《ほとん》ど行かない私でも異常だって分かりましたよ……」

ホントね。こんなベストタイミングで大人気シリーズの続編映画が今日公開って普通に意味分からないよね。今日何曜日だと思ってます？　水曜日ですがな。どう考えても今日公開は有り得んだろ。

普通こういった映画の公開日は、土日又は次の日が休みの人が多い金曜日などが主なはずだ。それなのに水曜日公開とは、大人気シリーズは面構えが違いますね。

――という緊急事態に見舞われたため、俺達は映画館――ではなく……そこから二階下に降りてちょっと歩いた所にあるス○バでしみじみと呟《つぶや》いていた。

あ、もちろん俺はス○バ初めてなんですけど……何か？　てかこの三人で行ったことあるの柚だけですけど何か？　もしかしてス○バ行ったことない人は人生損しているとでも言いたいんですか？　うん、ドーナッツとケーキ超美味《おい》しい。人生損してると思います。

「ス○バってずっとドリンクだけだと思ってたんだけど……普通に美味《うま》いのな」

「それな、ですっ。私もス○バといえばドリンクのイメージですし」

俺がチーズケーキを食べながら初心者のくせにまるで常連客の如き雰囲気を醸し出して頷《うなず》けば、ドーナツを『はむっ』という効果音が付きそうなほどに幸せそうに頬張っていた姫野が普段よりテンション五割増しくらいで同意してくる。

どうしたよ姫野……可愛いじゃねぇか。そんなに甘い物好きなんか？　後三千円くらいなら奢れます。

「てか柚は柚でいつ行ったりしてたんだ？」

「ん、色々。期間限定は全制覇」

「ガチ勢じゃないですか」

驚く俺にむんっと胸を張って渾身《こんしん》のドヤ顔を披露する柚。ドヤ顔と言っても顔の角度と口角を若干上げているだけで後はほぼほぼ変わっていないが。てかドヤ顔するか良く分からん飲み物を飲むのかどっちかにしなさい。行儀が悪いですよ。

しかしながら、柚がさっきから飲んでいる飲み物が気になって尋ねてみると。

「そのよく分からん飲み物は美味しいん？」

「さっき貰《もら》いましたけど、美味しかったですよ？　甘かったです」

ねっ、柚ちゃん、とやはりテンション高めな姫野が柚に同意を求め、柚が相変わらずストローに口をつけたまま頷いた。

「ん、おきに」

「ふふっ、お顔緩んでますもんね。あっ、私のも飲みますか？」

「飲む」

「はい、どうぞ」

「ん」

おいおいおいおい……今この瞬間俺の目の前で百合《ゆり》が咲いたぞ!!　ヤバい、この空間は癒しで溢《あふ》れてる！　これだけで映画を見れなかったショックが無に帰したわ。ちゃんと確認しとけば良かったって？　本当にその通り。

姫野がニコニコと聖母のような笑みを浮かべつつ柚に自らの飲み物——名前を思い出すのは諦《あきら》めた——を差し出し、それを柚が幸せそうに目を細めながらストローに口を付ける……様子を俺は側から姫野以上にニッコニコの笑顔で眺めていた。

「…………ん？」

二人の百合にテンションマックスの俺だったが、ふと周りからの視線が物凄《ものすご》いモノとなっていることに気付く。

主に――おっと、周りが基本俺達の学校の生徒じゃないですか。

大方俺達と同じで人が多すぎて映画館に入れず、でも直ぐに帰るのも何か違うってなった結果……ス○バに寄るってなったんだろう。分かるよその気持ち。物凄く共感も同情もするから、そんな親の仇《かたき》みたいな目で見つめないでください。

「……アイツ羨《うらや》ましすぎるだろ……」

「マジでそれな。俺達は映画も見れず、ポ○カのボックス買って爆死し、ス○バに来るもお金がなくて二人で一つしか買えてないのに……」

お、おう……それは……まぁ……うん、強く生きてくれ。君達だけは俺を睨《にら》んでもいいことにするからさ……。

「佐々木君？」

「……ああうん、ちょっとこの世の不平等さを身《み》に沁《し》みて感じてた」

「……飲まないなら、私が飲む」

「待て待ておいこら」

とある男子高校生の悲惨な一日を垣間見た気がして何とも言えない表情になっているところで姫野に不思議そうに呼ばれて返事をすれば――何故かスッと俺の飲み物に手を伸ば

した柚の手をペシッと軽く叩《たた》く。

いや普通に何勝手に俺のなんちゃらなんちゃらフラペチーノ飲もうとしてんの？　こちとら美味しいからゆっくり飲んでんのよ。直ぐに飲んだら勿体《もったい》ないじゃん、高校生には痛い出費だし。

「……叩かれた」

「俺のを飲もうとするのが悪い。てかどうやって飲むつもりだったんだよ？」

流石にストローに口付けないよな？　俺等異性ぞ？

「ストロー」

「!?」

「柚ちゃん!?　そ、それは駄目だと思いますっ!!　か、かかか間接キスですよっ!?」

柚のトンデモ発言に俺が言葉を失って目を見開き、姫野が慌ててツッコむ。いいぞもっと言ってやれ。思わせ振りは駄目だってな。

しかし柚自身は不服なのか、むっと眉《まゆ》を眉間《みけん》に寄せて抗議の声を上げた。

「ん、何で？　別に、減るものじゃない」

「そういう問題じゃねぇよ！　てかお前がそんなこと言うから、ウチの学校の男子がめちゃくちゃ注目してんじゃねぇか！」

「ん、えーただけ」

「「「「!?!?!?！」」」」

「柚ちゃん⁉」

さらなる柚の爆弾発言に場は騒然とし——俺達はこれ以上迷惑にならないように慌てて店を出るのだった。

柚は姫野にキツイお叱りを食らっていた。ざまぁ。

第6話　美少女達とテスト勉強

「――お前達、来週からテストだが……勉強しているか？　どうせお前らのことだから文化祭のことしか考えてないだろ？　文化祭はテストの後だぞ」

折角美少女二人との楽しい楽しい放課後デート――俺は永遠にデートだと言い張ります――で気分最高潮だったのにも拘《かか》わらず……次の日の朝のＳＨＲにて、担任である湯崎《ゆざき》が唐突に浮かれていた俺達を現実に引き戻してきた。

そんな彼の言葉に、テストにおいて勉強しなければ赤点は必至である俺達は、言わずもがなスッと目を逸らした。こういう時は気が合うよね。

「目を逸らしても無駄だぞ。俺の科目で赤点取ったら文化祭の日に補習するからな？　それが嫌ならちゃんと勉強しろよ」

さらっととんでもない爆弾発言を落としたくせにテストについての話を切り換え、別の伝達事項を話していく湯崎。相変わらず性格が終わってる。

そして当たり前だが……湯崎が話している間は、皆んな揃《そろ》ってまるで死んでいるかの様に静かだった。

殆どの生徒の顔には焦燥と不安の感情がありありと浮かんでおり……言葉にしなくても大変ヤバいであろうことが分かる。

恐らくというか十中八九殆ど勉強していないのだろう。

二年は高校に慣れたということもあって、どうしてもサボりがちになり……『中弛《なかだる》みの学年』との異名も持つほどだ。しかもそれプラス、ただえ大して頭の良くない奴らが集まっているウチのクラスに、真面目に勉強に取り組んでいる奴などいるはずもない。いたとしても絶滅危惧種《きぐしゅ》よりレアだろう。

全く……毎日勉強していないからそんな焦ることになるんだよ。毎日コツコツやっていればこんなに怯《おび》えなくてもいいのにな。全く……馬鹿な奴らだ。

あ、因みにこんな偉そうなこと言っているけど——俺の成績は平均よりも大分下で勉強もしてません。こちらからは以上です。

「——ということがございましてですね……柚《ゆず》様、どうか私めに勉強をご教授して頂けないでしょうか？」

もちろん大変ヤバい人の一人である俺は、朝のＳＨＲでのことを俺が作った弁当を食べる柚に話したのち、誠心誠意が篭った日本の最上級の礼儀——土下座でお願いしていた。

因みにこんな自然に柚と一緒にご飯を食べているのには、それなりの理由がある。

というのも——俺が一緒に食べないと柚が拗《す》ねるのだ。そして拗ねると超格安で譲ってくれると言ってくれたゲームをあげないなどと理不尽に脅されるのである。

そうなったらもう周りの勘ぐりなども我慢して諦めて一緒に食べるしかない。放課後遊ぶ方がアウトだろと言われればそれまでだが。

「ん、無理。自分のことで精一杯」

俺の思考を読んだのかは知らないが、弁当から一瞬視線を外したかと思えば、俺に冷たい視線を向けると同時に無情にもバッサリと断ってくる柚。

さては彼女には俺の土下座が見えてないのかもしれない。こんな完璧《かんぺき》で綺麗《きれい》な土下座は中々お目にかかれないのにな。勿体ないったらありゃしない。

「——って今はそんなことどうでも良いのよ！　頼むよ柚、そこを何とか！　和樹《かずき》とか康太《こうた》は俺と同レベだし、どうせ一人でやっても絶対に点数上がんないから誰か頭いい人が必要なんだよ！」

と言うか、今回はあの性格が終わっている担任のせいで文化祭当日に補習があるとのことなので、絶対に赤点は回避しないといけない。

文化祭で皆んながワイワイ楽しそうにしているのを聞きながら、俺は悲しく静かな教室で勉強なんてマジで笑えない。笑えないどころか羨ましすぎて血涙を流す可能性まである。

そんな並々ならぬ想いを胸にした俺が期待の眼差しを向けてみるも、柚は理解不能とでもいう風にすんっとした表情でコテンと首を傾げた。

「なぜ？」

その何気ない仕草一つが恐ろしいほど絵になるのは、やはり美少女だけの特権なのかもしれない。

「なぜ、とは？」

「何で私に？」

俺は無言で屋上のフェンスに寄り掛かると、スカした笑みを浮かべた。

「ふっ……愚問だな。俺の周りに頭のいい奴が居ないからだよ馬鹿野郎！」

「ん、私は野郎じゃない」

「んなことはどうでもいい！　いやマジで頼む！　もう頼れる友達が柚しか居ねぇんだよおおお……」

「……っ、友達……」

「……えっ？　と、友達だろ？　え……俺達、友達だよな……？」

突然『友達』という言葉に反応すると共に少し表情を崩して驚く柚に、俺もいろんな意味での驚愕《きょうがく》に素《す》っ頓狂《とんきょう》な声を漏らした。

……え、もしかして友達だと思ってたの俺だけってパターン？　あの一番気まずい瞬間ナンバーワンの？　いやいや流石に……嘘でしょ、嘘だと言ってくれよ。だってこんなに毎日一緒にご飯食べてるんだよ？　流石にこれで友達じゃないって言われたら普通に泣くよ？　確定で学校休むよ？

なんて俺が胸中で不安を爆発させて戦々恐々としていると――。

「ん……友達。私と、えーたは、友達っ」

柚が僅《わず》かに口角を上げていつもより弾んだ声で言う。それは、まるで自分に言い聞かせる様にも捉《とら》えられる感じの声色だった。

「だ、だよなっ！　いやマジで違うって言われたら死んでた自信あるよ俺」

柚が友達と言ってくれたことに、一先ず胸《むね》を撫《な》で下《お》ろして安堵《あんど》する。胸を触った瞬間にとんでもなく心臓が鼓動を刻んでいたのが分かった。

ふぅぅぅ……危ねぇ……危うく先日のストーカーと同じになる所だったぜ……。

「――ということでどうかこの私めに勉強を教えて下さい」

気を取り直して俺が改めてお願いすると――柚は仁王立ち&ドヤ顔で頷《うなず》いた。

「ん、任せろ。報酬は――私とゲームする、だけでいい」

「…………えっ？　本当にそんなのでいいのか？」

「ん」

俺はあまりにも要求の軽さ……と言うか安請け合いする柚に驚きの声を上げる。

流石の俺でも一緒にゲームするだけで何かはしないぞ？　まぁ柚が相手なら、もはや俺の報酬（ご褒美）でもあるけどな。

…………俺の方が安請け合いしそうじゃね？

そんな不穏な考えが頭を過るも……柚が良いなら良いか、と一瞬にして思考を放棄して何度も頷いた。赤点なりたくないもん。

「ああ、それで教えてくれるならお安い御用だ！　これから宜しくお願いします！」

「……ん、ありがと」

「……⁇」

俺はこの時、何故柚にお礼を言われたのか分からなかった。

それどころか、『ゲームをする』の意味をちゃんと理解していなかった。

しかし――その理由を俺が知るのはテストが終わった後のことである。

□

無事柚に勉強を教えてもらえるとの返事を貰《もら》った――恐らく学生が最も楽しくないと思われる放課後。

普段一瞬で空箱となるはずの教室には、非常に珍しいことに勉強するためか皆んなが何かしらテストに関係することを話しており……柚との集合場所に行く準備をする俺の下に、和樹と康太がどんよりとした表情でやって来た。

「瑛太《えいた》ぁぁぁぁぁ遂にテストが始まっちまったよぉぉぉぉ……」

「彼女とイチャイチャ出来ねぇよぉぉぉぉ」

「うわっ、怠い奴ら来たわ」

「誰が怠いじゃボケ」

「お前が怠いんじゃボケ。てかお前らは彼女に教えてもらえばいいだろ」

俺の記憶では、二人の彼女は何方も俺達の何倍も頭が良かったはず。テストの点は大体ダブルスコア、偏差値は十差くらい。もちろん彼女達には嫌われてるから殆《ほとん》ど二人から聞いた話ではあるが。

「あ、その手があったか」

「寧ろその手を思い付かない和樹の頭が怖いわ。俺が言うことでもないけど、お前の脳みそは何が詰まってんだよ」

「来週の彼女とのデート」

「よし、喧嘩《けんか》なら買うぞ。デートの途中にスタ連してやろうか？」

「お前暇人なのな」

「よしオッケー貰った」

「『早くね⁉』」

俺達が軽口を叩《たた》き合い、最終的には高校生にあるまじき取っ組み合いの喧嘩にまで発展しそうになっていた所で、それまで終始無言でスマホを触っていた康太が少し頬を緩ませて報告してくる。

これには俺達も思わず喧嘩をストップして驚きを露わにする。

いやいくらカップルって言っても既読早ない？　俺と和樹が話してたのってほんの十数秒の話だよ？　フリック速度余裕のＪＫ超えだろ。腱鞘炎《けんしょうえん》なるぞ。

「……実はお前より康太の方が熱々カップルなん？」

再びスマホに目を落としてとんでもない速度のフリックを見せる康太の姿を眺めながらコソッと和樹に囁《ささや》くと、和樹が意外そうに俺を見た。

「お前知らないのか？　康太の奴、人前でキスするくらいのバカップルだぞ？」

「え、何それ、めっちゃ害悪じゃん。いつか絶対視線に殺されるって」

「おい、誰が害悪だ！　ただウチの――」

「あーはいはい、惚気《のろけ》は他所《よそ》でやってろ。和樹、俺用事あるから康太を頼むわ」

どうやら俺と和樹の声が聞こえていたらしく、誠に遺憾ですと言わんばかりにスマホから顔を上げて言い返してくるも、残念ながら今の言おうとしていたことがもう既に害悪であることに気づいた方が良い。

「おーけー任せとけ。今のは彼女持ちの俺すらイラッときたもん」

「一言余計だけど頼んだ」

「いやマジでちょっと待てよ！　ホントに俺はお前らが言うみたいな――」

バカップル認定は嫌なのか、必死な形相で弁明しようとする康太を羽交い締めにして珍しく頼もしい笑みを浮かべる和樹に任せて、直ぐ様教室を出て扉を閉めることによって声をシャットダウン。

駄弁ったことによってちょっと時間が押していることもあり、足早に集合場所である図書室に向かう。初めて我が教室が図書館に近くて良かったと思った瞬間かもしれない。

「てか本当に居るんだろうな……？　ドタキャンだけは止めてくれよ……」

ウチの学校の図書室は、図書室というよりは教師の目を盗んで飲食したりスマホをいじったりする、もはや自由室と大して扱いが変わらない。しかし、テスト週間の時だけは先生の監視が厳しくなるため誰も居なくなる。

つまり――俺達の貸切になるということだ。

別に要らん情報だけは持ってるよなぁ……なんて考えつつ、俺は中に本当に柚が居るのか不安になりながらも覚悟を決めて、ゆっくりと静かに扉を開ける。するとそこには――。

「ん、ここが分からない」

「あ、ここですね。確かに難しい所ですよね。文章を要約するには、まず筆者がどんな問題を提示しているのか、その問題を通して筆者が何を伝えたいのか、そして筆者の意見は何か、が重要になってきます。この文章ですと……」

――まだ集合時間前だというのに机に課題か何かを広げて眉《まゆ》を少し顰《ひそ》め難しい顔をした柚と、そんな柚のために自分の勉強をストップして懇切丁寧に教えている姫野《ひめの》の姿があった。

傍《はた》から見れば『天才の妹に教わる姉』といった所か。実際には二人とも同級生だし精神年齢真逆だけど。

「……わぁお……　it's very beautiful」

『どうして姫野がここにいんの？』と思わなくもないが……二人の美少女が織り成す素晴らしい光景を前にすれば些末《さまつ》なことだ。

正直二人の姿は、思わずネイティブな英語が出てくるほどに美しくて絵になる。何なら今直ぐにでもスマホと一眼レフで連写したい所存。もちろんしないが。

俺が二人の百合百合《ゆり》しい……というか美しい姉妹の微笑ましい日常みたいな光景に感激していると、姫野が俺に気付き、パッと笑顔を咲かせて手を振る。

「佐々木《ささき》くーん、ここですよ！」

「う、うす……」

慣れていると思ったが……全然慣れていなかったらしい。

俺は彼女の笑顔に少し見惚《みと》れながらも、辛うじて返事を口にする。

全く……俺の様な彼女居ない歴＝年齢の高校男子に、笑顔を向けるだけでなく手を振ってはいけませんっ！　多分九割の男子が嬉《うれ》しさと尊さ、可愛さのトリプルコンボで即死だから。何ならオーバーキルだから。

そんなことを考えながら遠慮がちに近づいた俺に、何故か俺以上に遠慮がちな姫野が頭を下げて来た。

「すいません、お邪魔しちゃって……。本来はお二人の予定だったと聞いていたのですが、私にも佐々木君のお手伝いをと……無理を言って連れて来てもらいました」

「ん、めいは頭いい。堂々の学年一位」

机から顔を上げた柚が『どう？　偉いでしょ？』とでも言わんばかりにむんっと胸を張るが、今回ばかりは認めざるを得ない。

うん、とても偉いぞ柚。本当に超絶ファインプレーだけど……姫野の言っていることは、果たして本当なのか？　柚が無理やりって可能性も……無きにしも非ずと言った所だな。

柚は押し強いし、姫野は押しに弱そうだし。

「俺的にはもちろんありがたいけど……姫野さんは本当にいいのか？　多分俺めっちゃ物分かり悪いよ？」

「全然大丈夫ですよ、望むところですっ！　寧ろ助けて下さった佐々木君になら、私に出来る事でしたら何でも言って貰えると嬉しいですっ！　それに私の中ではですが、初めてのお友達とのお勉強会なので、とても嬉しいし楽しいですっ！」

おいおいちょっとちょっと……何て健気で可愛らしい子なんだ……。これで見た目も超絶美少女とか反則過ぎるだろ……！

決めた、絶対今度何かしらのお礼をしよう。こんな健気な子に無償で時間を使わせるとか俺には出来ないよ。

それはそうと……聞いたか皆の衆。俺が姫野の中では友達カウントされてるってマジですか？

もちろん俺の中では柚の時然り、一回遊びに行ったのだから姫野のことも勝手に友達だと思っていた。

でも自分で思うのと実際に言われるのとでは嬉しさが違うんです。正直今の俺のモチベーションは過去一かもしれない。え、夢じゃないよね？

柚の時も思った気がするが、相も変わらず俺が現実か割と本気で疑っていると——。

「ん、めいは私の友達。えーたも友達」

「はいっ！　お二人とも私の大切な友達ですっ！」

——二人からの公認頂きましたぁ！

「ん、えーたも早く座る」

「此方《こちら》にどうぞ、佐々木君っ」

もう彼女欲しくない勢から脱退しようか真剣に考えるくらいには内心で喜び散らす俺に、二人はどこか微笑ましげな視線を向けてそう言うと、自分達の間に座る様に席を空けた。

————自分達の間に⁉

「ちょ、ちょっと待て。どうして俺が二人の間になるんだ？　別にわざわざ席を移動させなくても俺が対面に座るからね？」

てか対面に座らせてくださいお願いします。ドキドキしすぎて全く勉強が身に入らない予感しかしないんです。マジで文化祭に補習はしたくないんです。

なんて言えたら良いものの……。

「？　どうして？」

「もう移動しましたし、遠慮されなくても良いんですよ？」

悪気の『わ』の字すらないといった表情で無垢《むく》な瞳《ひとみ》を向けてくる二人の姿を見れば指摘するのも藪蛇な気がして、恐縮しつつ大人しく二人の間に座る。

その瞬間、両隣を美少女に囲まれる――正に『両手に花』となるわけで。

――神様、今とても幸せですけど……多分文化祭は机とにらめっこしていそうです。

そうならないためにも、俺は緩みそうになる頬と一緒に気を引き締めた。

幕間3　勉強会の合間に

普段はお世辞にも静かとは言えない図書室だが、テスト期間である今日はまるで別世界のように静寂が降り、シャーペンの書く音、大会の近いサッカー部の掛け声が私――姫野《ひめの》芽衣《めい》の耳朶《じだ》を揺らす。

図書委員によって開けられた窓から入り込む初夏を感じさせる湿っぽい風がカーテンを揺らし、茜色《あかねいろ》に染まった空が黙々と勉強に励む私達を見守っていた。

「……は？　や、何でここのXが4になるんだよ。それにその式はどっからおいでなさったん？　突然湧いてくんなや馬鹿野郎」

「ん、キレる前に、えーたは公式から覚えるしかない」

「うす。でもさ、公式分かってもその公式使う領域まで辿《たど》り着《つ》かないんだよ」

一つ訂正。佐々木《ささき》君が数学の問題を前に、怒りすら感じさせるくらいの迫力で文句を並べて頭に疑問符を幾つも浮かべていた。

その間の抜けた表情が少し面白くて、私は自分の課題に取り掛かりながらも内心クスッと笑みを零す。

やはり一人でやるより皆んなでやる方が楽しいし、心も軽くなる。

どうやら柚《ゆず》ちゃんも佐々木君の顔が面白かったのか……『ふっ』と笑うと、何やら鞄《かばん》からノートを取り出した。そのノートの表紙には『数学テスト公式集』と書いてあり、完全手書きであることが容易に想像できる。因みに柚ちゃんの字は丸っこくて可愛かった。

そう言えば……五時間目から七時間目まで、普段の柚ちゃんなら気持ち良さそうに眠っているであろう時間に熱心に何かを書き込んでいた。どうやらその時のがこのノートらしい。

私が思い出して友達思いだなぁ……と柚ちゃんに視線を送れば、柚ちゃんが私の視線から逃れるように目を逸らして口を開く。

「これ、今回の範囲の公式と、今回途中式で使う公式。これが分かれば絶対解ける」

正しく数学嫌いの人達にとってはどんな参考書よりも価値のあるものだろう。

その証拠に、私の隣にいる佐々木君はノートをキラキラと瞳を輝かせて見つめていた。

「おおお……っ!!　さ、流石柚……お前、頼りになるなぁ……」

「ん、もち。もっと褒めろ」

「よっ、流石ボッチなこと以外可愛くて頼りになる完璧《かんぺき》美少女っ！」

「ん、喧嘩《けんか》なら買う。表、出ろ」

「ごめんなさい調子に乗りました。俺が悪かったのでどうかそのノートを俺から離さないでくださいっ！　それがないと俺は補習に追われてしまう！」

ジトーッとした瞳を向けられて即座に謝る佐々木君に、やれやれといった雰囲気を醸し出した柚ちゃんがノートを渡す。

そのノートを賞状を受け取る人よりも恐る恐るといった風に受け取った佐々木君は『マジでありがとうございます』なんて畏《かしこ》まっているのかいないのか分からない口調で言うと――真剣な表情で『数学テスト公式集』を食い入る様に見つめては問題に挑み始める。

そんな彼の姿を表情こそ変わっていないものの、温かさの孕《はら》んだ瞳で眺めては、自分のテスト勉強に戻る柚ちゃん。

今度こそ訪れる静寂を感じつつ、私は思う。

……やっぱり二人って物凄《ものすご》く相性いいんだろうなぁ……。

先程の会話もそうだが……柚ちゃんは佐々木君の前だと雰囲気が柔らかくなるし感情も口数も豊かになる。

クラスでは、今の柚ちゃんのことを他のクラスメイトに言っても信じてもらえないと断言できるほどには――静かで全く感情の起伏がない。それでも女の子達からマスコットのように愛でられているが。

どうやら柚ちゃんにとっては、佐々木君が特別みたいだ。私には彼に対してほどの感情の変化を見せないので間違いないだろう。

それと同時に、一つの疑問がずっと頭から離れないでいた。

「……何で私に告白したんだろう……」

「姫野さん？　何か言ったか？」

誰にも聞こえないくらいの声量で呟《つぶや》いたつもりだったが……予想以上にこの図書室が静かだったらしい。

佐々木君が私を見ては不思議そうに首を傾げていたが……流石にこの話題を彼にするのは可哀想なので、ゆっくりと頭を振った。

「いえ、何でもないですっ」

「ん、えーたは集中。気にしてる暇は、ない」

「や、でも気にな――うす、頑張るます。だからノートを奪おうとしないで？　それ奪ったら許さないからな？　普通に末代まで恨んでやるからな⁉」

柚ちゃんに注意されてしょんぼりする様子を見せる佐々木君が名残惜しそうに私に視線を送っては、ノートを奪おうとする柚ちゃんに逆ギレしていた。

その姿で私は確信する。

やはり――彼は何か他の人とは違う。

柚ちゃんは学校ではどちらかと言えば、その無表情とハッキリと自分の意見を言って嫌いなモノはバッサリと切る態度から、男子からは、人気ではあるものの、話し掛けられることはあまりない。

ただ女子も彼女の顔色を窺って大丈夫なときのみ愛でるだけであり……きっと時と場合に関係なく彼女をイジったり、睨《にら》まれて真正面から睨み返せるのは――佐々木君だけだろう。

それに、告白を断った分際でしかない私が、告白で迫られた時も見返りもなしに助けてくれた。悩み事を聞いてくれて、一緒に解決しようとしてくれた。

普通ならば告白を断られただけでも気まずいだろうに、気にせず身を挺《てい》して解決してくれた男の子。

そんな人に――私は今まで出会ったことなどなかった。

私の家は決して裕福ではない。それどころか、はっきり言って貧乏で、それのせいで中学時代は虐められていた。

酷い言葉を投げられるのも日常茶飯事。更に、私が男の子の告白を断っていたのが拍車をかけ、制服で隠れる部分には、至る所に打撲痕《あと》。

だから――私は必死に勉強して、推薦で受かれば家族の生活費も補填《ほてん》してくれるこの学校に入学した。

そのお陰で引っ越しもでき、元同級生達とも会うことが無くなったし、こうして楽しく学校に通えている。

しかし――貧乏なのに変わりはない。

だから、緊張や不安で吐きそうになるのも我慢して、二人に危険な目に遭わせないためにもゲームセンターで貧乏だと公言したのだ。

そうすればいつも通り貧乏人に割く時間はないと諦《あきら》めてもらえると思ったから。

でも——返ってきた言葉は、私の想像していたものとは全く別のものだった。

佐々木君も柚ちゃんも、私が貧乏なことなど全く気にしていなかったのだ。それどころか、二人で私にクレーンゲームやマリ〇カートなど、お金が必要なことをやらせてくれて、景品も全部私にくれた。

——私を受け入れてくれて、友達だと言ってくれた。

そして極め付けは——佐々木君が自分の身の不利益や危険に晒《さら》されるにも拘わらず……無理矢理迫ってくる男子から守ってくれたり、ストーカーを捕まえてくれたこと。

近くに行って分かったが、あの時彼は凶器を押し付けられていた。

それなのに彼は全く動じずその場でストーカーを取り押さえた。

私は純粋に『凄《すご》い』と思った。

同時に、私には理解出来なかった。


——何故こんな私を助けてくれるのだろうか、と。


あの日からどれだけ考えてみても、答えは出てこず、それは今も分からない。

しかし、流石に本人に直接聞くのは少し憚《はばか》られる……と言うか、私自身にそんな勇気がない。ただ――それでも一つ言える事がある。

「……初めてのお友達が佐々木君と柚ちゃんで良かったです」

「姫野さん……？　どうしたんだ急に？」

佐々木君が素早く私の言葉に反応する。

実は必死にやっているように見えてあんまり集中していないのかもしれない。このままだとまた柚ちゃんに怒られてしまいそうだ。

「ふふっ……何でもありませんよ。ただ――楽しいなっと思いまして」

「それなら別にいいんだが……いや分かってるからノート取ろうとしないで!?」

「えーたは、危機感が足りない」


――この二人とは仲良くなりたい。


それは、紛れもなく私の本心であり、初めての感情であった。

この初めての気持ちは大事にしていきたいと思う。

きっとこの感情が私の中の何かを変えてくれると信じている。

なんてふと考えながらも――私は真剣な表情で勉強に励む二人を少しの間眺めて自分も勉強に集中することにした。

第７話　鬼門の文化祭準備

――遂にこの日がやって来た。

俺は待ち侘《まわ》び、和樹《かずき》や康太《こうた》を含めた我がクラスメイト達は来ない事を願った日が。

そう――テストの返却日である。

しかも、我が学校は他とは違って少し特殊だ。

まず、意味も理由もさっぱりだが、テスト返却にまるまる二時間使う。更に一位から最下位までしっかり網羅された学年順位表が廊下の突き当たりにある掲示板に貼られるという鬼畜仕様。

テストが出来なかった人の顔が完全に死んでいるのはこのためだ。

因みに過去の俺は当たり前の如くいつも死ぬ側であったが――今回の俺は一味も二味も違う。柚《ゆず》と姫野《ひめの》の助けもあり、人生で一番出来た自信があるので……いつも必死に目を逸らしていた学年順位が非常に楽しみですらある。

そんな人生で初めてテスト返却がウッキウキな俺は、俺の専属教師となってくれた柚と姫野と共に、順位表の貼られる掲示板から少し離れた所で待機していた。

普段であれば、こうして俺達三人が集まろうものならとんでもない嫉妬《しっと》の嵐に襲われるのだが……今日はテストの返却日というのもあり、いつもよりも俺達への視線が少ない。

マジでテスト様々だな……と内心喜んでいる俺の隣で、なぜか俺なんかよりよっぽどハラハラドキドキといった様子で緊張した面持ちを浮かべた姫野が、少し声を震わせて言った。

「私、人に勉強を教えたことがあまりないので……佐々木《ささき》君の結果がとても気になります……。ちゃんと教えれていたでしょうか……？」

「安心して姫野さん、めちゃくちゃ分かりやすかったから。ガチ姫野さんのお陰で俺の自己採では余裕の平均七十点だから。心の底から感謝します」

ところでたったの平均七十点かよ……とか思ったそこの君！　高校で平均七十超えは普通に凄いからな⁉　しかもウチの学校、別に偏差値低いわけじゃないし。

なんて何処の誰とも知らない人に胸中で熱弁していると、柚が掲示板の方を見て今か今かと待ちわびた様子で口を開いた。

「ん、弟子の結果はまだ？」

「先生来てないしまだだろ、多分。あと別に弟子ではないけどな。もちろん感謝はしてます。本当にありがとうございました」

「ん、分かってるなら良い」

どうやら柚も姫野も、自分の順位を見に来たというよりは、自分達が貴重な時間を使って教えた俺の順位を確認しに来たようだ。

確かに、姫野は毎回一位だし、柚も記憶では余裕で上位層にランクインしていた気がするので、毎度のこととなるとあまり自分の順位に興味ないのかもしれない。

良いな、俺も『自分の順位が高すぎて見る価値もねぇよ（笑）』とか何でもない風にほざいてみたいよ……なんて思っていると。

「──おいお前ら退けろ～、道を開けろ～～。今から順位表貼ってやるから俺の邪魔はすんなよ」

俺のクラスの担任である湯崎《ゆざき》が間延びした声と大変マッチした気怠そうな雰囲気を隠すこと無く醸し出しながら、人混みをかき分けてやって来た。

そんな彼の手には、書かれた内容が見えない様にクルクルと巻かれた大きな紙が握られている。

その紙が自分達の少し先の未来を決める順位表だと分かった瞬間──生徒達の騒めきがピタリと止み、人が一斉に瞬間移動でもしたのかと錯覚してしまうほどに辺りがシンと静まり返った。

そんな緊迫感のある生徒達の姿に若干引き気味の湯崎が掲示板に順位表を──。

「──キタオラぁあああああ‼　過去最高の五十三位じゃああああっ‼」

「キャアアアアアッ!! に、二十七位！ 人生最高順位よ！」

「あっ……まぁそんなもんだよな、うん……」

「くっ……また百位!? これで四回連続のど真ん中の順位&平均だと……!? やはり俺は呪われてるのか……!?」

——貼った瞬間に波のように生徒達が押し寄せ、それぞれの順位を見ては、雄叫びを上げて喜ぶ人、納得げな人、悔しがる人など……って最後の人すげぇな。四回連続平均ってあり得るんか？ もはやそれは呪いじゃなくて一種の才能だろ。誇れ、お前は凄い。

なんて俺が軽く同情と戦慄《せんりつ》を四連続平均君に向けていると、人が多すぎて順位表が見られないことに焦れたらしい柚が順位を見ようとぴょんぴょんと跳ねる。

そうすると——当たり前だが柚の二つの小玉メロンが大きく揺れるわけで。

「「「「「……っ!?」」」」」

自分の未来などどうでもいいとでもいう風に順位表を無視して柚の胸部をガン見する男子共が現れ始めた。

因みに俺はスッと予め目を逸らしている。仮に見ていたら、この後柚に何言われるか分かったもんじゃないからだ。

そんな俺の配慮にも男子達の視線にも一切気付かず、視野角一五度くらいしかなさそうな柚が懲りもせずまた飛び跳ねていた。

「んっ、んっ、んっ……えーたの順位は？」

「その前にジャンプするの止めようか。男子の視線が現在進行形でやばいことになってるからね？」

「……？」

俺の指摘にキョトンとした柚はジャンプを止め、ぐるっと周りを見回す。すかさず男子勢は目を逸らすが……本能に僅《わず》かに抗えなかった者達は目を逸らすのが遅れ、柚もとうとう俺の言わんとしていることを理解してしまったらしい。

何度か瞬きをしたのち、スーッと自分の膨らみに目をスライドさせる——だけでは止まらずまさかの自分で持ち上げた。

「ん、これ？」

「「「「お、おおおおおっっ!!」」」」

その瞬間に上がる男子達の歓喜の雄叫び。多分今はテストの点が悪い奴も良い奴も等しく内心狂喜乱舞状態だろう……ん？　俺はどうなのかって？　もちろん歓喜に打ち震えております。彼女が欲しくないのとエッチなことが大好きなのは両立します。

そんな俺を含めて大盛り上がりを見せる男子達を見て、柚は相変わらず分からないという風に首を傾げた。

「これの、何がいいの？」

「この際分かってなくていいから一先ず止めようか!?」

「そ、そうですよ柚ちゃん！　女の子がそんな格好するのは破廉恥ですよっ！」

いくら内心で『もっとやれ！』と大興奮状態であろうとも、俺の冷静な部分がこれ以上はマズいと警鐘を鳴らしていたため、その警鐘に従って柚の視界の暴力を止める。

同時に頬を赤くした姫野も、自ら男子達の視線から柚を護る壁の役目を請け負うというナイスアシストを繰り出した。

ところが当の本人はというと……。

「ん、餌に群がるアリみたい」

「ほんっっとうにマイペースだなおい⁉　それは普通に失礼だろ！　――アリに‼」

「「「「「アリに⁉」」」」」

「ゆ、柚ちゃん……‼」

俺の言葉に衝撃を受けたらしい男子達の隙を突いて姫野がすかさず柚の両手を掴《つか》んで胸から手を離させると同時に――俺は男子に叫ぶ。

「おいこら見せ物じゃねぇぞアリ以下の者共！　それに――お前ら一旦《いったん》周りの女子の目を見てみろ！」

「「「「「……？　――⁉」」」」」

俺の言う意味が理解出来なかったのか『何言ってんのコイツ？』的な顔で男子達は周りを見回して数秒後、まるでゲームの停止ボタンをクリックしたかの如くピタッと揃《そろ》いも揃ってその動きを停止させた。

そう――柚のたわわ《おっぱい》に目を奪われていた男子達を、女子達が恐ろしく冷たい眼差しで見つめていたのだ。

　俺の一日の内に二人に告白したという噂が流れた時と同等かそれ以上にも及ぶ冷たい眼差し。その視線というより破壊光線と化した凶悪な一撃によって柚のぱいおつを見ていた男子達にクリティカルでダメージが入り——男子達のライフを一気にゼロにする。

「……今がチャンスだよな」

「ん、賛成」

「そうですね」

　項垂れ絶望に呆然《ぼうぜん》とする男子達と極寒の眼差し尚も向ける女子達の間を器用にすり抜けて、俺達は何とか順位表の前へとたどり着く。まぁその間にも俺は冷たい目で見られたのだが。

　ちょっと精神的ダメージを食らいながらも、それすら上回るドキドキとワクワクを胸に上から探して行き——遂に見つけた。

「——三十三位じゃん……」

　順位表の上から数えて三十三番目に書かれた『33位』という順位の横に、俺の名前、組と出席番号に並んで『596/800点』という表記がなされている。

「す、凄《すご》いですよ佐々木君っ！　一回で百以上順位を上げるなんてっ！」

「ん、私達が教えたんだから妥当。ただ、えーたもよく頑張った」

　呆《ほう》けた表情で順位表を眺める俺を、姫野は少々興奮気味にまるで自分のことの様に喜んでくれて、普段滅多に俺を褒めることのない柚でさえも本当に珍しく誇らしげに俺のことを褒めてくれる。

因みに姫野は相変わらずの一位で、柚は七位と俺とは別次元に高い。

点数で言えば、俺と柚とでさえ六十点くらい離れており……姫野に関しては一教科の満点分なんて話じゃないくらいの点差が開いていた。二位とも数十点差があるのは凄すぎる。

「……柚も姫野さんもめっちゃ高いな」

「ん、いつも通り。でも、少しミス多い」

「私もいつも通りですかね……？　ただ、一問ミスがあった様なので、後で復習しておかないと……」

「ま、真面目だなぁ……これが一位の秘訣《ひけつ》かぁ……っ！」

俺なんて、テストの結果見たら解答用紙も模範解答も直ぐにゴミ箱にポイがデフォルトなんですけど。復習？　わざわざ自分の惨めなテストの点を見返す作業を俺がやるわけないでしょう？

この時、俺が如何《いか》に頭のいい人達に教えられていたのかを身を以《もっ》て理解した。

それと同時に、次のテストもプライドをかなぐり捨てて土下座をしてでも二人に頼むことを決めたのだった。

□

「――それではこれからクラスの出し物を決めたいと思います！」

「「「「「うおおおおお（きゃぁあああああ）!!」」」」」

掲示板への順位発表からの二時間に及ぶ自分の解答用紙返却が、各々に強制的にテスト結果と向き合わせた結果――殆《ほとん》どが現実から目を逸らすかの如く、過剰に騒ぎ立てる。

いくら二週間後に控えた文化祭の出し物決めとはいえ……あまりにも五月蠅《うるさ》すぎる気がしてならない。その内教師の誰かが乗り込んできそう。

「まぁ脳破壊からの文化祭だから仕方ないか……」

というか今思ったけど、柚と姫野が同じクラスってズルくね？　学年で……いや学校内でもずば抜けた美人の二人が同じクラスだったら、俺は間違いなく文化祭に狂喜乱舞して――。

「「「「「「「「――よっしゃああああああああああっっ、遂にこの時が来たぞおおおおおおっっ!!」」」」」」」」

俺の考えとリンクしているかのようなベストタイミングで、普段の五割増しくらいに五月蠅いはずの我がクラスをも超える――他クラスからの鮮明に何を言っているか分かるほどの声量で紡がれた男子達の歓喜の声が聞こえてきた。

「「「「っ!?」」」」

うん、思ったとおりに狂喜乱舞してるわ。間違いなく今叫んだクラスって柚と姫野芽衣《めい》の二組だろ。女子はお亡くなりになったんですかってくらい男子の声しか聞こえねぇもん。

そんな二組のボルテージマックスな声とは反対に、俺はやけに静かになった教室を見渡してみる。案の定、男子達はこれ見よがしに暗い顔をしていた。

ほら、何かメンタル壊されてんじゃん。まぁ分からんこともないけど、一応このクラスって顔面偏差値大分高いぞ。俺は話し掛けても相手にされないどころか侮蔑《ぶべつ》の視線を浴びるから全く関係ないんだけど。

なんて俺がしみじみと心の傷をそっと労るように触れていると……何故か皆んなが俺を見ているではないか。

まぁ理由など聞かずとも分かりきっている。

「チッ……あの野郎が二人と関わりあるのがズルいわ……」

「ほんとそれな。何であんな……」

——こんな感じの嫉妬《しっと》の声が怨嗟《えんさ》となって俺の耳に届くからだ。

おい、めちゃくちゃ一言一句本人に聞こえてんぞコラ。もう少しこう……隠す努力をしろやボケ。いくら温厚な俺でも怒っちゃうぞ☆

「…………」

「「「「「「…………」」」」」」

こうして文化祭テンション不在のまま、俺達の文化祭の出し物決めが始まるという異例の事態が引き起こったのである。

「――ってなことがあったんだよ。おたくらのクラスのせいでもう雰囲気めちゃくちゃ悪かったわ」

「ん、私悪くない。男子が勝手にはしゃいだだけ」

「ま、まぁ、文化祭ですので五月蝿くなるのは仕方のないことかと……」

いや分かってるよ。二人に愚痴っても意味ない――おん？

俺は物凄《ものすご》く自然だったが故に気付いていなかったことを指摘する。

「ねぇ――何で姫野さんが居るんだ？」

「ん、呼んだ」

「ご、ご迷惑でしたか……？」

少し悲しげに目を伏せてしまう姫野の姿に俺は慌てて捲《まく》し立《た》てた。

「い、いや、違う違う！　友達皆無の柚はまだしも、姫野さんは沢山友達いるだろうし、何度か一緒に食べてる光景見てたから……その友達は良いのかなって思っただけだから！それ以外の理由はマジでないから！」

ここ最近で言えば文化祭の日に補習と告げられたとき並みに大焦りした俺がそう言葉を重ねると、ホッと安堵《あんど》の表情を浮かべて胸《むね》を撫《な》で下《お》ろす姫野の横で、ヤクザみたいな目付きになった柚が弁当をベンチに置いて指を鳴らし始めた。

「ん、喧嘩《けんか》なら買う。掛かってこい、ゲーム雑魚《ざこ》太」

「不名誉極まりないあだ名をつけるな美少女ボッチめ」

柚はコキコキと指を鳴らして一層ヤクザ感を深め、俺はピクピクと眉《まゆ》をヒクつかせながら……漫画ならバチバチと火花が散ってそうなレベルで睨《にら》み合って威嚇する。

そんな今すぐにでも取っ組み合いが勃発《ぼっぱつ》しそうな俺達の雰囲気に、姫野が戸惑いながらもすぐさま止めに入ってくる。

「け、喧嘩は駄目ですよっ！」

「止めてくれるな姫野さん。一介のゲーマーとして『ゲーム雑魚太』とかいう不名誉なあだ名を許してはいけないんだよ」

「ん、ボッチなんてあだ名許さない。謂《い》わばタイトルマッチだ」

俺達は更に火花を散らしながら睨み合う。

そんな俺達の様子に遂に手が付けられないと悟ったのか、姫野が無理矢理話題を変える様に質問してきた。

「さ、佐々木君のクラスの出し物は何なのですか!?」

「ん？　俺達四組は……執事カフェだな」

「ふっ、えーたこそ執事は似合わない」

「そんなこと分かっとるわ！　俺は必死に反対したんだよ！」

だが、俺の健闘虚しく、衰弱しきった男子陣は一気にテンションを爆上げさせた女子陣になす術なく敗北。それと同時に男子達のメイド喫茶という案は無かったものとなることが決定したのだった。

「何でも女子陣が男子陣（俺以外）の執事姿を見たいんだと。まぁ俺達のクラスはイケメン多いからな」

「そうなのですか……私達はメイド喫茶なので被らなくてよかったですね」

「へぇーメイド喫────メイド喫茶だと？」

今物凄く聞き逃してはならない単語が聞こえたぞ？　何て言った？　もう一度オネシャス。クラスのイケメンの顔が頭に浮かんで顔を顰《しか》めていた俺が突然真顔になったことに姫野は不思議そうにしながらも、間髪を容《い》れずコクンと頷《うなず》く。

「そうですよ。柚ちゃんと私はメイド服を着るらしいです」

「…………ああ、今年の文化祭は当たりだ……絶対見に行くよ。何なら三日間全て見に行くよ」

姫野芽衣と柚のクラスメイトよ……本当によくやってくれた。俺は信じていたよ。

俺はこれから二組の男子を見つけたら敬礼でもしようかと本気で考えるのだった。

□

地獄と天国を行き来するような文化祭の出し物決めから早一週間。

「──あー……朝も言ったが、今日から一週間は授業を四時間でカットして、午後は文化祭準備に充てていいそうだ」

　今までチマチマと準備は進めていたものの、湯崎の気怠げな言葉と共に、本格的に文化祭の準備が始まったとクラス全体が一瞬にして沸き立つ。誰もが近くの友達とワイワイと話し合っており……俺はこのクラスで唯一話せるのに全然近くない和樹と康太の姿にため息を吐きつつ、ぼんやりと柚と姫野のことを考える。

　俺達がこうやって始まってるってことは……二人も準備してるんだよな。メイド服を何にしようかって話し合ってんのかな？　ヤバい、普通に二組に移住したい。男子の執事姿とか誰得だよ……ってそれはメイド姿も女子からしたら同じか。お互いに欲望が見え隠れどころか見え見えしてますね。

　俺が文化祭の闇に触れそうになっていると、まるで神がそれを阻止するかのように文化祭実行委員を中心に話し合いが始まった。

「それでは、これから一週間の内に終わらせないといけないことを伝える」

　実行委員の真面目系イケメン男子――斎藤宗介《さいとうそうすけ》がそう言うと、執事カフェをやるにあたっての学校側からの要求やしなければならないことを話し出す。

　クラスメイト達は各々色々と考えを出し合い、スムーズに決まっていく。

　そんな中俺はと言うと――。

「文化祭……憂鬱《ゆううつ》過ぎる……」

　先程と一切変わらずただ一人、他のクラスメイトとは真逆のあり得んくらい苦い顔で話を聞いていた。

　いや別に、文化祭自体が嫌いなわけじゃないんよ。何なら文化祭の規模が他より圧倒的に大きいのもこの高校を選んだ理由の一つだし。文化祭自体は嫌いより寧ろ大好きなのよ。皆んなでワイワイするのが好きだから特に。

　たださ……今のボッチっていう俺の立場だと、クラス全員が団結しなければならない文化祭は一番の難敵なわけである。

　俺が難色を示していることなど露知らず、実行委員が淀《よど》みないハキハキとした話し方で本格的に役割決めを開始した。

「それでは一先ずそれぞれの担当を決めたいと思う。まず、この出し物の主役――執事をやりたい人は手を挙げてくれ」

　それで手が挙がるのは、生粋の陽キャ勢ばかり。

　俺は勿論《もちろん》挙げてないぞ？　陽キャの巣窟《そうくつ》にわざわざ飛び込むほど俺だって馬鹿じゃないし、そもそもの話、陽キャしか居ない所とか絶対疲れるから普通に嫌だもん。俺の希望は裏方です。

　それ以上誰からも手が挙がらず、終わりそうな雰囲気が出ていたのでホッと一息吐いていると――突如教室の扉が開いた。

　そこからひょっこりと顔を出したのは、我が学年の二大美少女たる柚さんと姫野さんである。まぁ表情を見る限り、姫野は柚について来たという感じだろう。

「ん、今何してる？」

　相変わらずのマイペースで実行委員の斎藤に尋ねる柚。一応文化祭の準備の時間は放課後に充てられているし他のクラスの敵情視察するのもありなので、柚が来ること自体に問題はない。何のために来たのかは全くの不明ではあるのだが。

　ただ——何故か猛烈に嫌な予感がする。

「い、今は執事カフェの担当を決めている。現在は……執事を誰がやるかについて決めているところだな」

「そう。執事カフェ——楽しみにしてる」

　柚は俺を見ながらどこか含みのある声色でそう言った。その行動は自ずと柚が俺の執事姿を望んでいるように見えるわけで。

　こ、コイツ……俺が執事をやらないと読んで先手を打って来やがったな……!?　これで俺が執事をしなければ確実に面倒なことになるじゃないか……!!

　俺の衝撃もさることながら、突然の二人の登場に少なからず衝撃を受ける我がクラスだったが——次の瞬間にはクラスの男子ほぼ全員の手が挙がっていた。

「俺、執事やりたい！」

「俺も!!」

「馬鹿かお前ら！　執事は俺の仕事だろ！」

「フッ……数多《あまた》の創作物で執事の知識を吸収した俺の他に適任はいないだろう」

「いや俺が執事をやるんだよ！　バイトでやったことあるから俺以上の適任者はいないに決まってんだろ‼」

結構というか明らかにカオスな状態だが、俺的にはこの状況は寧ろありがたい。何せ小さく手を挙げて選ばれなかった風に装えば、ワンチャンやらなくて済むかもしれないからだ。

自ら墓穴を掘った柚の悔しそうな姿を拝んでやろうと目を向ければ――。

「……ふっ」

「⁉⁉」

悔しいとは真反対の何故か勝ち誇ったような笑みをたたえていることに気付き、俺は驚愕《きょうがく》に目を見開くと共に思いっ切り顔を引き攣らせる。

そんな俺の姿にほくそ笑んだ柚が、オーバーキル気味にトドメを刺した。

「ん、えーたは執事強制。実行委員、執事にえーた入れるのダメ？」

お、おい……やめろよ柚……！　いや、あの真面目な斎藤ならば……あの斎藤ならば柚の頼みも撥《は》ね除けることが出来るはず……‼　信じているぞ、斎藤っ‼　殆《ほとん》ど話したこと無いけど！

「ちょ、ちょっと柚ちゃんっ！　どうなってるか見るだけじゃなかったのですか⁉　流石に他のクラスのメンバー決めに口を挟むのは――」

「もちろんオッケーです‼　始良《あいら》さんの願いですので、佐々木君は実行委員の権限で執事役に決定です!!」

「おい何言ってんの⁉　は？　いや何で承諾しちゃうんだよ!!　せめて俺に確認ぐらいとれよ！　まぁ絶対に許可なんか出さな――」

「姶良さんがやれと言っているのだからやるんだ佐々木君」

「いや怖っ⁉　さてはお前、姶良の信者か何かだな⁉　俺は何であろうと絶対にやらないからな!!」

ワンチャン洗脳されていそうなほどにさも当然の様な顔で告げてくる斎藤と、その裏でニマニマと口角を上げて楽しげに見ている柚、そして我がクラスを荒らしに荒らした柚の代わりにぺこぺこと頭を下げる姫野の姿を眺め――俺は徹底抗戦の意を示した。

しかしこの後、脅してくる実行委員相手に必死に抵抗したが……権力差には俺の抵抗も虚しく、あえなく執事をすることが決定したのだった。

斎藤、お前はもう真面目を自称するんじゃないぞ。

□

「――くそっ、忌々しき柚め……！　アイツのせいで一番面倒で最悪な担当になってしまったじゃないか……ッ！」

俺は執事の担当者の集まった教室の一角で、誰にも聞かれない……特に斎藤とかいう柚ガチ勢の耳には決して届かないように細心の注意を払って小声で毒づく。今回ばかりは恨み言の一つや二つ、出ても仕方がないのではないだろうか。

だって――柚のせいで陰キャから半ば陰キャボッチと化した俺が、クラスの中でも特に光り輝いている陽キャのトップ達と関わらざるを得なくなったのだから。

余談だが、執事を決める時は一時間程揉《も》めたのにも拘わらず……他の担当は全て一分以内に速攻で決定。最終的には、柚のマイペースにクラス全員が巻き込まれ、彼女の掌で面白可笑しくダンスを踊らされた結果となってしまった。

――と、俺は別のことを考えて現実から必死に顔を背けているのだが……そろそろ限界が訪れそうだ。

というかもう無理！　さっきから陽キャの視線が痛過ぎて泣きそうなんだが!?　俺が一体何をしたって言うんだよ……何なら俺は執事にならない様に必死に実行委員を説得してたじゃん！

その理不尽さ故に、今まで必死に耐えていた俺のテンションが完全にバグり散らかすのと時を同じくして……遂に、俺自らがこのクソ重たくて冷たい静寂を破るべく口火を切ることとなった。

「え、えっと……何か俺に、い、言いたいことがあるならどうぞ……？」

自分でも驚くほどの、それはもう頼りなく、か細く上擦った声が出る。しかも上擦ってないところでさえ、今まで俺自身すら聞いたことが無いほどのか細い声だった。

……正直めっちゃ恥ずい。何なら、今すぐ穴が無くとも自ら穴を掘ってそこに頭から突っ込みたい気分だ。あぁ……塵《ちり》となって今すぐに消えてしまいたい……。

自分のミスで俺が完全に滅入っていると……一七八センチの高身長を持ち、明るい茶髪と端整な顔に柔和な笑みを浮かべ、更には優しげな雰囲気を纏《まと》った我がクラス一のイケメンである神山朝陽《かみやまあさひ》──彼女持ち。彼女は三年生一可愛いと言われるほんわか系美少女──が、心配そうに訊《き》いてきた。

「……大丈夫……？」

「……大丈夫に見えますかね？」

「大丈夫じゃ無さそう……だね。俺も同じ様な目に遭ったからよく分かるよ……」

神山が苦々しげに顔を歪《ゆが》めながらそう溢した。しかも普段キラキラな笑顔を振りまく神山とはかけ離れた、少し影の差す暗い顔を晒《さら》している。

その負の感情がありありと浮かぶ表情からは嘘を言っている様子はなく……本気で俺と同じ目に遭ったみたいだ。

俺は、クラス一の超絶陽キャと同じ経験をしているのか？　ははっ……よりにもよって何で陽キャとの共通点がこんなのなんだろ。もうちょっと別のこと無かったのかな……。

俺は自分でも分かるくらいに何とも言えない表情で恐る恐る尋ねてみる。

「因みに聞くんすけど……何があったんですか……？」

「俺はね、彼女が言ったんじゃないんだけど……同じバスケ部の三年生の先輩から部活の出し物で一番面倒な役回りをやらされたり、俺の彼女はバスケ部のマネージャーなんだけど、彼女と敢えて遠ざけられたり……他にもあるけど聞きたい？」

「遠慮しときます。俺は恐怖耐性皆無なんで」

「……ありがとう。これ以上の話は警察沙汰《ざた》だからね」

聞けば聞くほど顔が引き攣っていく神山の話に、俺はドン引きを通り越して恐怖を感じた。……………何だよ警察沙汰って。普通に生活してたら人生で数度しか使わなそうな言葉出て来たぞ。え、この学校って美少女一つでこれほどまでに荒れる所なの？　学校《ウチ》ってそんな治安悪かったんだね。あと、バスケ部って南雲《なぐも》といいろくな奴がいないのか？

「──とまぁこんなこともあるくらいだから、あまり不安そうな顔はしないでいいと思うよ。執事の所作とかは諸事情で習ったことがあるから、教えてあげられるし」

一転して、先程の雰囲気など一切感じさせないくらいに普段通りの様子で神山朝陽はニコッと俺を安心させる様に笑った。

なるほど、確かにコイツは陽キャと言われるだけのことはあるな。真の陽キャは誰にでも優しいってか。でも陽キャだからって執事の所作は習わないと思います。

なんて思いつつも、意外と上手くやれそうなメンツだったことに安堵《あんど》のため息を吐いたのだった。

余談だが、神山の執事講座は超絶厳しかったです。

第8話 柚との約束

「――えーた、ゲーム渡す」

「お、おう……急にどしたん？　いや物凄《ものすご》くタイミングいいんだけどさ」

四時間で授業が終わるようになって二日。俺が別室にて神山《かみやま》に執事としての振る舞いなどを教えてもらっていた時――柚《ゆず》が突然訪ねて来た。

何でも少し前に約束したゲームを格安で売ってくれるとのこと。自分で言ったのにすっかり忘れてたわ……最近は目まぐるしすぎて。

因みに執事は俺を含め全員で四人なのだが……黒髪のくせにやたらチャラそうな雰囲気と口調の矢上雅人《やがみまさと》と、制服越しにも筋肉が隆起しているのが分かる程ムキムキな秋原翔平《あきはらしょうへい》は、俺と同じで当たり前だが執事としての経験がないため、一緒に神山の執事講座を受講している。

しかし現在は、慣れている神山以外は、思った以上に厳しい上に姿勢や口調、動きを維持するのが辛く、完全に疲労困憊《こんぱい》な状態に陥っていた。

そんな中での柚の到来は、マジで感謝しかない。

「本当に良くやった。命の恩人だよマジで。じゃあ神山、俺はこれで帰るわ」

「うん。家でも練習しててね」

「了解」

「おいおい俺達置いて逃げるんかぁ～？　それは少し卑怯《ひきょう》なんじゃね？」

「そうだぞ！　俺達だけ練習とか――」

「何か文句あるの？」

「「ないです」」

二人が結構マジな表情を浮かべつつ、一足先に逃げる俺に文句を垂れていたが、神山の爽《さわ》やかながら圧の篭《こも》った笑みにあえなく撃沈した。床に突っ伏してさながら全力を出し尽くしたボクサーのように燃え尽きている。

まぁどうせ執事カフェの時に彼女とイチャイチャするんだろうから、これくらいの罰はないとな。こちとらほぼ全員の生徒の恨みを買いながら、一切やりたくもない執事をわざわざしないといけないんだぞ。どうやっても黒歴史確定だわ。

なんて俺が心の中で毒づいていると。

「……行こ」

「ほんとどしたん？　何でそんなにご機嫌斜めなん？」

袖《そで》が何故か急かす様に俺の袖を引っ張りながらズンズンと先へと歩き出した。しかも引っ張られる俺からは、つい先程まで普段通りだったのに、今はいつも以上に無表情で明らかに不機嫌……というよりは、何かに戸惑っている様に見える。

ホントにどうしたんだ？　もしかして俺と一緒で陽キャの光に浄化されそうになって敗走するのが嫌なのか？　分かるわーその気持ち。

嫉妬《しっと》や怒りなどの周りからの視線を、明らかに的外れで馬鹿なことを考えることで防御しつつ、為されるがままに柚に引っ張られる。

てかお前らも良い加減俺に敵意を向けないでくれよ。どう見たって今は柚に引っ張られてる状況ですやん。

「柚、別にどこにもいかないし柚から手を離してくれん？　正直周りの視線が痛くて痛く
――柚？　あれ、おーい柚ー？　柚さーん？　ボッチ美少女？　……うん、駄目だこりゃ」

その間にも何度か話し掛けてみるが……一切聞こえていないのかと疑ってしまうほどのレベルで全く反応しない。結局柚は下駄箱にくるまで話すことは無かった。

しかし下駄箱の自らの靴が入った場所で初めて足を止めると、俺の袖からそっと手を離し……不思議そうに首を傾げた。

「……直った。なぜ……？」

「治った？　何が治ったんだ？　というか怪我でもしてたのか？」

俺がそう聞くと、ふるふると否定する様に首を振る。

「違う。ただ………何でもない」

「何でもない!?　まさかの一番気になるそこで切る!?　いやいや流石に教えてくれるよ

な？　……ちょ、ちょっと柚……教えてくれよ……。気になって気になって夜しか寝れないって……」

一番気になるところで言葉を切った挙げ句、本気で教えてくれなそうな雰囲気の柚に俺が懇願するような視線を向けてそう言うと。

「――ふっ……やだ。えーたはずっと私のことを考えてればいい」

先程の表情はどこに行ったのかと聞きたくなるほどに、悪戯《いたずら》っぽく小さく笑った。

「………………美少女はほんとズルいなぁ……」

俺は柚の笑顔に一瞬見惚《みと》れると共にこれ以上何も訊くことが出来ず……ただただついて行くことしか出来なかった。

□

「……そう言えば、俺にくれるゲームは持って来ているのか？」

結局教室から下駄箱までの無言の時間が何だったのか分からないまま悶々《もんもん》とした時間を過ごし……いつの間にかいつも別れる所まで帰ってきていた。

そこで俺がふと疑問に思ったことを訊く。

ただいざ訊いたはいいものの、柚は普通の通学鞄《かばん》しか持っておらず、とてもではないがP○5などの大きなゲームを持っている風に見えない。それにも拘わらず柚は俺にゲーム機をくれると言ってくれた。

――あっれぇ？　おかしいな……何故かこの次に柚が言って来そうなことが手に取るように分かる気がする。

でも流石に……ないよな……？　いくら不思議ちゃんと呼ばれし柚でもそんな非常識というか、神に誓って特に何もしないが世間一般においては破廉恥と見做《みな》されそうなことはしないよな……？　因みに俺は無宗教です。

焦ると下らないことを考えてしまうクセが出てしまうほどに俺が内心で焦り散らかしていると、柚はなんてことないことの様に言った。

「――ん、えーたには、私の家に来て貰《もら》う」

「やっぱりそうだと思ったよ！　これでも一応俺って異性なんだよね。少しは恥じらいというものを……」

「なら、要らないの？」

「要ります――はっ!!」

しまった、つい反射的に返事をしてしまった。どんだけ俺はゲームが好きなんだ。

俺は何とも間抜けな自分に呆《あき》れ果てる。正しくため息しか出ないとはこのようなことを言うのだろう。

「じゃあついて来て」

「……うす」

ゲーム機という大きな人質ならぬ物質《ものじち》を取られている俺は、柚に常識を求めるのを諦《あきら》める。同時に今度姫野《ひめの》と一緒に色々とこの世界の常識を教えてやろうと心に誓った。この子は森育ちかな？

「てか柚の家ってどこなんだ？」

俺は開き直って隣を歩く柚に尋ねてみる。すると、柚は俺をジーッと見つめてきたかと思えば……スッと目を逸らしてスマホを取り出しフリック入力をし始める。

どうやら自分の家の場所を口で教えるより見せた方が早いと考えたようだ。まぁ正直住所で言われても大体しか分からないから、俺としてもそっちの方が都合がいい。

「ん、これ」

「いや近い近い」

スマホを見始めてから十数秒。検索し終えたらしい柚が短い言葉を添えて俺の目の前にスマホの画面を持ってきた。ただあまりにも近過ぎて目がやられたため、俺は少し後退って再びスマホの画面に視線を戻す。

どれどれ、柚は一体どこに住んでいるのかな……ってこの場所……。

「柚、幾つか質問いいか？」

「ん、よき」

　歩きスマホという高校生がやりがちな危険行為を止めた俺が顔を上げて言うと、柚が『私に任せなさい』といった風にサムズアップする。

「なら遠慮なく。……ここ、普通の家より大きい？」

「……周りより？」

　ふむふむなるほどなるほど。

「んじゃ次行くけど……庭も大きい？」

「ん、以下同文」

「玄関に格好いい門がある？」

「ん。アレは、私もお気に入り」

　はい、分かりました。貴女あの超高級そうな家の住人かいっ!!

　というのも、俺の家の近く――歩いて十分強は掛かるが――に、明らかに他とは一線を画す高級住宅……もはや豪邸とも言える大きな家があるのだ。特に周辺が高級住宅街でもないので物凄い存在感を放っているのも俺の記憶に強く残っている理由の一つである。

　そして――その豪邸には、兎に角格好いいアニメの世界のような最新鋭の門が備え付けられていた。何度近くでじっくり観察してみたいと思ったことか……数えたらキリがない。

「マジかー、あの豪邸が柚の家かよ……ヤバい、一気に楽しみになってきたわ。早く行こうぜ……！」

　ずっと見てみたい、入ってみたいと思っていた所にいざ入れるとなってテンションが上がった俺は、ワクワクを抑えきれずに普段通りの足取りの柚を急かす。

対する柚は、態度を一八〇度変化させた俺の姿に半目でジトーッとした視線を送ってきたかと思えば、ボソッと零した。

「……掌くるくる」

「シッ！　それは言わないお約束！」

さぁ楽しみだなぁ!!

□

「――やっぱいつ見てもでけぇ……」

「ん、慣れた」

「お金持ちすげぇ……」

柚の巨大な豪邸を目の当たりにし口を半開きにして感嘆の声を漏らしながら、自分の家がいかに普通かを改めて自覚する。もちろん一軒家を買えてる時点で十分裕福と言えるのだが。

たまに見掛けていたが、近くによるともっと迫力がある。庭もデカいし、玄関に門まで付いていて、柚がインターホン越しに何かしたら……突然自動で門が開いた。

なにこれめっちゃかっこいい。ウチにもほしいんだけど。

だが、その後からは憧《あこが》れを通り越して、逆に不便に感じる様になってしまった。

特に玄関の扉を開けるのには、指紋、顔認証、パスワード、鍵《かぎ》の四つが必要らしく——

それらを全て解除して初めて扉が開くらしい。

………うん、住んでる柚には悪いけど……死ぬほど面倒臭そう。俺なら三日で「楽しい」から「面倒臭い」に心変わりして、一週間後には既に怠いとしか思わなくなっている自信がある。

「セキュリティーがガチすぎて怖い」

「ん、私は普通の家で良かったのに、家族がこれにしろって」

「うん、柚の家族がどれだけ過保護なのかよく分かった。それで訊《き》くけど……俺って入って大丈夫なん？　と言うか大丈夫じゃないよね？　忘れてるかもだけど、俺って一日で二人に告白する屑《くず》なんだよね」

自分で言ってて悲しくなるけどね。同時に告白どころか勢いで好きでもない女子に告白なんかしなければ良かったと心底後悔しているけど。ただ……この告白のお陰で柚と姫野と仲良くなれたのが唯一のメリットかもしれない。

クラスメイト達の怨嗟《えんさ》の視線を思い出して乾いた笑みが漏れそうになるも、その前に柚が気にしないと言わんばかりに頷《うなず》いた。

「ん、私は気にしない。屑はもっと屑だから」

「柚が許しても親御さんは俺を殺そうとして来るんだよ、きっと。そして社会的にも抹殺してきそう」

　ただでさえ学校では既に社会的に死んでいるのに。

「ん、家に親居ない」

「このデカい家に一人暮らしマ？　柚の両親ってどんだけお金持ちなの？　というか俺的には御両親が居てくれた方がありがたかったんだけど」

　正直女の子が、親が居ない家に男を呼んだらいけないと思う。仮に俺が柚を襲ったらひとたまりもないぞ。まぁそんなこと死んでもしないしする度胸もないが。

てか俺は純愛が好きなの。無理矢理系はあまり好きじゃないの。

「ごちゃごちゃ言ってないで、入る」

「あ、はい。お邪魔します」

　俺は緊張で震える手を抑えながらゆっくりと家にお邪魔させて貰う。そして入ると同時に無意識の内に感嘆の声が漏れ出ていた。

「ひ、広いなぁ……一人でよくこれを維持できるな」

「ん、お手伝いさん居る」

「おぉ……流石お金持ち……というかそれじゃないと一人でこの広い家を掃除なんて出来ないか」

　外観よりも大分落ち着いていて質素な雰囲気の内装と、この家にお手伝いさんがいるという事実に俺が驚いている傍ら、柚は玄関で靴を脱いで直ぐにスタスタと何処かに向かい出す。

俺はこのまま此処《ここ》で待っていようかと思ったのだが、俺の行動を見越したかのような柚の手招きに素直について行くと……柚がとある部屋の前で立ち止まる。

見た感じ特に何の変哲もない扉なのだが……。

「どうしたんだ？　此処に何かあるのか？」

「ん、ゲームも此処にある」

「へぇ……ゲーム部屋的なもんか。流石に凄《すご》いな……」

「ん、私の寝る部屋」

「へぇ柚の寝室………んっ？　何の部屋だって？」

いくら何でも初めて呼んだ男を自分の部屋……それも寝室に呼ぶわけないと、聞こえた気がした言葉を頭を振って消し去り、素知らぬ顔で聞き返すも俺の足掻《あが》きも虚しく柚は再び『私の寝る部屋』とだけ言って扉を開けた。

するとそこには――。

「いや女の子とゲーマーが同居してんじゃねぇか。普通にオタクの夢の様な部屋だぞ」

――三枚のモニターに、何個ものマイク、可愛らしいキーボードとマウスパッド、更には良さそうなゲーミングチェアに、超高そうなゲーミングＰＣまで完備されている。そしてそのゲーマー空間のすぐ後ろには、沢山のぬいぐるみや、最近 Yo○Tube で話題沸騰中の女性 VTuber のグッズが置いてあった。

最近密かに推していた、登録者百万人超えの個人勢VTuber『愛ちゃん』こと『柚木《ゆずき》愛羅《あいら》』の見たことあるグッズからまだ発売されていないはずのグッズまで。

　此処から推測されることは……。

「こんなことホントは聞いてはいけないと思うんだけど……あ、やっぱりな――」

「ん、私、VTuberやってる。名前は『柚木愛羅』」

「いや自分から明かすなって！　俺が折角まだ名前も出さずに迷う素振り見せたのにさぁ！　何なら引っ込めようとしたのにさぁ！　いやまぁ名前とか考えれば似過ぎだとは思うけどさぁ！」

　なぜか本人ではなく、一ファンでしかない俺の方が正体を聞くのに躊躇《ちゅうちょ》するという中々に珍しい光景が広がる中、俺は普通に頭が痛くなってきていた。

　VTuberって身バレするの普通嫌だよな？　こんな易々とバレる様な部屋に移動して露骨に自分のグッズ置いておく――あ。

　俺は此処まで考えた後で……ふとこの前、柚に勉強を教えてもらう際に交わした約束を思い出した。

『ん、任せろ。報酬は――私とゲームする、だけでいい』

　――という約束を。

　おっと……一気に雲行きが怪しくなってきましたよ？　これはゲーム機を諦めて帰っていた方が良かったのでは……？

「ま、まさか――」

なんとなく察してしまった俺が一歩後退りすると、柚が一歩近付いて来て言った。

「ん、私と、一緒に配信しよ？」


――拝啓。我が両親と兄貴、そして妹へ。

お元気にしているでしょうか。俺は元気ですが元気ではありません。

いつの間にか推しと炎上不可避みたいなデスゲームをすることになりそうです。

こういう時は――どうすればいいでしょうか？


なんて遺書を頭の中で書きつつ、深く考えず柚との約束を軽く了承した過去の自分を殴ってやりたい思いに苛《さいな》まれながらも……説得に出ることにした。

俺は柚の両肩に手を置き、お巫山戯《ふざけ》なしの真剣な眼差しで柚を見つめる。

「……柚、ガチで考え直せ。これは駄目だ」

「ん、考えた。一緒にやる」

「考えてないだろ」

「考えた」

もしかして俺よりネットの海に潜っているせいで、現実が見えてないのだろうか？

「ハッキリ言うぞ」

「ん」

「――炎上するよ⁉　まず間違いなく燃え上がるよ⁉　流石に有名な活動者なら男でも大丈夫だろうけど……そもそも『柚木愛羅』はどんな男性配信者ともコラボしたことないよな⁉」

「ん、ない」

「炎上しちゃうってぇええええええっっ‼」

俺はこの世の終わりかの如く悲痛の叫びを上げて床に膝《ひざ》をつき、頭を抱える。

だ、ダメだ！　愛ちゃんの一ファンとして……絶対に俺自らの手で推しを炎上させるわけにはいかない……！

「ごめんマジでこれだけは勘弁して下さい！　マジで洒落《しゃれ》じゃなくて炎上する！　その他のことなら本当に何でもするから！」

もうなりふりかまってられない俺は、恥も外聞も捨てて――元々ないようなものだが――誠心誠意、心の篭《こも》った土下座を繰り出した。

今回はいつものふざけたものではなく、ガチで本気の土下座だ。オタクは推しを穢《けが》してはならない！

「――ん、ダメ」

「何でだよこの分からず屋‼　俺はお前のためを思ってだな……」

「ん、余計なお世話。それに、約束した」

「……っ」

柚は俺の言葉に一切耳を貸さず、『約束』という痛い所を突かれて口篭る俺を他所《よそ》に、いそいそと配信の準備を始めていた。

「これ、配信用のヘッドホン。昔の私のだけど、我慢して」

「いや、別にそれは全く気にしないんだが……と言うか寧ろ推しが使ってたヘッドホンなら嬉《うれ》しいしかないいんだけど……俺、やらないからな？　今回は洒落でも冗談でもなく本気でやらないからな？　他のことなら何でもするからさ？」

「ダメ。えーたは、私と配信する」

柚はＰＣを起動してマジで配信の準備を始めやがった。

その姿を見て、俺は焦りに焦り散らす。

あぁ……やばい……マジで炎上確定だぞ。しかもただのコラボじゃなくて、同じ空間でコラボするというオフコラボ。男性配信者と女性配信者の間では、禁忌とされているその行為に走った柚は……柚木愛羅は間違いなく炎上するだろう。

「……ごめんなさい全ての『柚木愛羅』ファンの皆さん本当に申し訳ありません絶対に二度とこんなこと起きない様にしますなのでどうか炎上させるなら俺だけにして下さいお願いします」

うわ言のように一呼吸で呟《つぶや》く俺をチラッと見た柚が、小さく咳払いして意識を切り替えた。

「ん、始まる――――んんっ！　友達の皆んなー、こんゆずー！　皆んなの友達系VTuber の柚木愛羅だよーっ！　実はね……今日は特別ゲストがいるんだっ！」
《こんゆずー！》
《こんゆずー！》
《こんゆずー》
《特別ゲストってマ？》
《マジで⁉》
《誰だ？》
《この前コラボしたアルファさんかな？》
《アルファさん？》
《今アルファさんは配信してるよー》
《え、誰だろ？》
柚はいつもの様な抑揚のない口調から、俺が良く知る元気で感情豊かな『柚木愛羅』に変わった。
流石個人勢ながら登録者が百万人を超えたプロ。その演技力があったら女優さんにもなれそうだね！　今はスキャンダルで燃えそうだけど‼
心の中で嘆く俺を他所に、ＰＣのディスプレイには金髪金眼の可愛らしい美少女の立ち絵が映っており、柚の表情や動きに合わせて立ち絵の美少女が動く。

まだ開始から一分も経っていないのに、既に同接——同時接続数——が五千人を突破している。

……リアルを知っていると、流石に此処までの変化には驚くよな。てか完全に覚悟ガンギマリ状態に移行したからか知らんけど、めっちゃ冷静になってる自分がいるんですけど。でも誰か助けてほしいんですけど。

なんて神頼みに移った俺の耳に、軽快で楽しそうな声が聞こえてくる。俺にとっては地獄の閻魔《えんま》様の声に聞こえるが。

「あ、皆知らないと思うよー？　だって私みたいな VTuber でもストリーマー配信者でもないからねー。ただ、男とだけは言っておくよー！」

《男!?》

《マジかよ……》

《え、じゃあ一般人の男？》

《ヤバくない？》

《うーん……》

《てか一般人の男とコラボして大丈夫なん？》

「一般人って言っても私の従兄弟《いとこ》だけどねー」

《従兄弟か……》

《従兄弟羨《うらや》ましい……!!》

《俺も愛ちゃんの従兄弟でありたかった……！》
《従兄弟マ？》
ああ……もう同接一万人突破してる……と言うかサムネのせいでめっちゃ人くるじゃないか。何だよ『特別ゲストとゲームする』って。死神の間違いだろ。
《よく従兄弟も一緒にゲームするの許可したな》
《俺なら無理だなー》
《愛ちゃんの配信って必ず一万人は来るけど従兄弟君は大丈夫そ？》
《早く従兄弟プリーズ》
《俺が愛ちゃんとゲームするに相応《ふさわ》しいか見極めてやる》
《従兄弟ってゲーム上手いの？》
「うん！　私の従兄弟、めっちゃゲーム上手いんだよー！　あ、いい加減皆気になるだろうし登場して貰《もら》いましょー！　私の従兄弟のえーたでーす！」
柚改め柚木愛羅のフリと共に、俺はマイクをオンにして、震えながら声を出した。

――――そっとマイクから離れながら。

「え、えーっと……こんにちは柚木愛羅のリスナーの皆様」

俺は不思議そうに此方《こちら》を見る柚を無視し、床に手を突く。

そして――。

「ご紹介に与《あずか》りました従兄弟のえーたと申します。この度は――男の身である俺がコラボしてしまい、誠に申し訳ございません!!　どうか、柚木愛羅を炎上させる様なことだけはおやめください!!　この通りです!!」

俺は床に頭をぶつけながらも、ディスプレイに全身全霊、誠心誠意の完璧《かんぺき》な土下座姿を映したのだった。

□

――KO!! winner　愛羅!!

画面の中で、何故か彗星《すいせい》の光の如く尾を引く光となったド◯キーコ◯グと、リングの上で立ち尽くすガ◯ンド◯フ。

そう――現在俺と柚は、スマ◯ラをやっていた。

「――おいおかしいだろ!　ちゃんと復帰しただろうが!!　愛羅さんよぉ……この機械不良品なんじゃないのか?」

「機械のせいにしないー!　負けは負けなんですーっ!　素直に認めないえーたの負けーっ!」

「はぁ!?　べ、別に負けを認めてないいんじゃないし!　どうせならもっとかっこよく愛羅が決めれる様にしたかったんですー!　推しに勝つオタクがいるか!」

「え……そんなにガチで言うのやめてよ……従兄弟の推しが私とか普通に無理なんですけどー」
「深刻そうに言わないでよ！　いいじゃん！　知らずに推してたんだから！」
《僅《わず》かな時間で慣れすぎだろｗｗ》
《それなｗｗ》
《始めはえーた君、クソ緊張してたもんな》
《水から揚げられた瞬間の魚みたいに震えてたなｗｗ》
《面白さって遺伝するのか？》
《いくら何でも相性良すぎｗｗ》
《と言うか二人共操作のレベル高過ぎない？》
《それなｗｗ》
《日本ランキングでもいいとこ行くだろ》
「私もだけどー、えーたもゲーミングＰＣ壊されるまで日本ランキング五位だったよねーっ？」
「何で愛羅が知ってんの？　俺話した覚えないんだけど？」
「だって戦い方が似てるんだもーん」
　俺は言い当てられたことに普通に驚いて柚に訊《き》き返すが、普段とはかけ離れた元気な声ではぐらかされた。

ただ、何度か柚とはスマ○ラをしたことがあるし、柚は俺以上の腕前なので、バレるのは仕方のないことなのかもしれない。

ただ――。

「――――推しが俺のことを認知していた……だと……!?」

俺の心情としては、仕方ないで済ませられることではなかった。もう有頂天です。

《反応がただのオタクで草》

《従兄弟なのに……まぁ知らないなら仕方ないか》

《従兄弟って意外と接点ないこと多いしな》

《しかもガチオタやんけｗｗ》

「――だから何で復帰ミスんねん！　どう考えても――はぁあっ!?　シンプル緊張し過ぎて、手が痙攣《けいれん》して小ジャンプ誤入力しちゃったんですけど!?　そんな初心者もやらないミスある!?」

俺はブルブルと震える自分の手元を画面に映しながら驚愕《きょうがく》に目を見開く。直ぐ横で柚も『緊張し過ぎ』という目を向けてきているが、相手が推しならしょうがないと思う。

《しゃーないｗｗ》

《反応が推しに遭遇したガチオタ野良《のら》なんよｗｗ》

《可愛いなぁ……》

《あんなウブな姿見せられたらな》

《普通に戸惑ってるのおもろいｗｗ》

俺は緊張で胸が張り裂けそうながらも、思ったより悪い印象を与えていない様で炎上の気配も今のところ殆《ほとん》どないことから小さな安堵《あんど》の息を吐く。

その瞬間——柚ではない、知らないインターネットの人に殺されていた。

「はぁああああああ!?　俺が深呼吸してる時に攻撃してんじゃねぇよ!!」

「あ、あああああああ——ッ!!　私も死ぬーっ！　——あ、死んだ。私はもう残機ないから後は頑張ってえーたーっ！」

「よしきた任せろ！　日本ランキング元五位の意地を見せてやるぜ!!」

俺は人生で一番頑張った。

結果はその後全員ボコしました。

「——で、バズったと。ほんとインターネットって意味分からんことで炎上したり今みたいにバズったりで何があるか分からんから怖過ぎる」

「ん、日本トレンド一位」

柚はとあるＳＮＳのトレンドを見せてきた。

そこには『#柚木愛羅の従兄弟がガチオタな件』というラノベの様な題のハッシュタグがトレンド入りしている。

更には VTuber として柚がトレンド入りしていた。

「……何で？　もしかしてネット民の方が、ウチのクラスより温かい……？」

「ん、えーたのクラスの女子は嫌い。気にしない方がいい」

まぁ確かに。男子はそこまで俺を毛嫌いしていないが、女子の一部は毛嫌いしている節がある。これからはやっぱりいつも通り気を付けて動かないとな。

「──ん、次もやろ。配信」

「絶対にやらん」

第9話　芽衣へのお礼

バズった影響……と言うよりは、俺の土下座を映したせいという何とも自業自得すぎる行動が原因で少々面倒な問題が発生した。

「なぁなぁ、佐々木《ささき》って愛羅《あいら》ちゃんの従兄弟なのか？」

「あれってどう考えても佐々木だよな？」

「え、いや……そんなことないけど……？」

「嘘だー！　だって配信の時と声が似てんだもん。後土下座した時の姿が佐々木そっくり。てかえーたは間違いなくお前じゃん」

「…………」

おい、土下座がよく似合うだと？　その言葉取り消せよ。さもなくば末代まで呪ってやんぞ。俺の様に友達が出来なくなる呪いを期限一生でな。

なんていう茶番はさておき――学校内だけだが、土下座をしている姿が俺に似ている上に自分で名前を言っちゃう馬鹿具合で柚木《ゆずき》愛羅の従兄弟だと特定されてしまった。どいつもこいつも配信を見ている奴らで、他では言いふらすつもりはない様だが愛ちゃんを知る人達の間――を越えて学校内では密かな噂となっているらしい。

「おかしいな……どうして俺ってバレたんだ……？」

確かに学年で有名な陽キャ共ならバレるのも分かるが、もう碌《ろく》に友達すらいない俺の土下座姿と声だけでバレるとは……いや名前も言っちゃったんだわ、そりゃバレるか。しかしながら柚《ゆず》が『従兄弟の詮索《せんさく》はやめてねー』と抑揚のない暗い笑みを浮かべて言ってくれたのと、柚のリスナーの民度が良いことも相まってインターネットには情報が上がってはいない模様。優しい世界。

「くそッ……そう言えば俺って注目されてるもんな……」

「ん、えーた有名人」

「私は Yo〇Tube を殆ど見たことがないので知らないのですが……随分と有名な方とお知り合いなんですね……」

まぁ――主に目の前の二人のお陰《せい》で有名なんですけどね。

しかも、この事態に発展したのは完全に柚のせいである。あれだけ出ないと俺が言ったのに、それをフル無視して出させたんだからな。普通に炎上しなかったのが奇跡だわ。あー、あんな思いは二度としたくないね。地雷原の上でタップダンス？　それを人生で初めてリアルにやったよ。周りに幾つもの地雷《炎上》が埋め込まれていたわけだし。

そのせいで俺がどれだけの被害に遭っているのか……と頭を抱える俺の気も知らず、呑気《のんき》に弁当を口にする柚にジト目を向ける。

「恨むぞ……柚……」

「ふっ、約束は約束。ちゃんと詳細を聞かないえーたが悪い」

「ぐ……ド正論で何も言えねぇ……！　柚にど正論パンチを食らわせられるとは……」

「ん、えーたの中で、私がどうなっているのか知りたい」

「頭は良いけど、生活面での頭は悪く、たまに本当に理解の出来ない行動をするポンコツボッチ」

「ん、表出ろ。決闘してやる。ボッコボコ」

「お、やんのかこの——ごめんなさい。此処《ここ》でやったら俺の悪い噂が増えるんでやめてください」

俺は柚に深呼吸の後大声を出されそうになったので、急いで謝罪に入る。これ以上コイツが何か言えば、余計面倒なことになること間違いなし。

なんて誰もが見失うほどの速度で手のひら返しを繰り広げた俺が一仕事終えたかのように額を拭《ぬぐ》う仕草をすれば……俺達の間で視線を彷徨《さまよ》わせた芽衣《めい》が頭に疑問符を浮かべる。

「あの……話が摑《つか》めないのですが……」

「ん、私が柚木愛羅で、えーたが私と一緒に配信したから噂になってる」

「なるほど……柚ちゃんはやっぱり凄《すご》い人なんですね——って御二人って従兄妹《いとこ》だったのですか⁉」

「いいや、全然違うから。コイツが炎上しないためについた嘘だから！　あと全然驚かない姫野《ひめの》さんのメンタルつよぉ……」

「ん、私達従兄妹。ただし、私が姉」

俺が姫野の一切動じない姿に感嘆の声を漏らしていると……柚がすんっとした表情で意味も意図もさっぱり分からないことをほざいたせいで、姫野の頭に浮かぶ疑問符が増えたような錯覚を見た。

……この不思議ちゃんは何を言っているのだろうか？　この子は本当にマジで何を言っていて、何を考えているのだろうか？　一回頭の中を開いて考えを見てみたいんですけど。

それと――。

「冷静に考えて俺が兄じゃね？　柚って生活面だと完全に妹だろ」

「ん、舐《な》めてもらっては困る」

何が舐めてもらっては困るだ。

「や、お前の家って全部お手伝いさんがやってくれてたやん」

「え、えっと……結局御二人は従兄妹なのですか……？」

俺達――正確には柚――が終始支離滅裂なことばかり宣うせいで、姫野は至極真面目に理解しようとしていたことと相まって頭の中が混乱を極めたらしく、目をぐるぐる回してオロオロとする。その姿は不憫《ふびん》というレベルではなく……俺は何もしていないのに罪悪感が凄い。

それは実際にかき乱した張本人である柚にはクリティカルだったらしい。彼女はスッと姫野から視線を逸らすと……ポツリと呟《つぶや》いた。

「……ん、違う。全くの嘘」

「そうそう。コイツが咄嗟《とっさ》に考えたんだホラ話だよ」

「あ、そうなのですね……びっくりしました」

そう安堵のため息を吐いて胸《むね》を撫《な》で下《お》ろす姫野の姿は、何処かファンタジー世界の箱入り貴族令嬢みたいだった。

正直めっちゃ可愛いが……付き合ってもいない相手には言えないな。てか言っても良いんだろうけどハードルが高すぎる。なんて思い――――あっ。

「そう言えば姫野さんにお礼をしないとな」

俺が何か思い出したかのように言えば、姫野がキョトンとした様子で首を傾げる。

「……お礼、ですか？　私、佐々木君に何かしましたか……？」

「へっ？」

まさかの一切心当たりがないとばかりに不思議そうな姫野の反応に完全に虚を突かれた俺は、鳩が豆鉄砲を食ったような顔で素《す》っ頓狂《とんきょう》な声を漏らした。

君……それ本当に言ってる？　俺に八教科中六教科教えてくれた君が⁇　俺からしたら神以外の何物でもないんだけど。俺の中の英雄ですけど。

「や、俺に沢山教えてくれたじゃん。何なら殆ど全部教えてくれたじゃん」

「それくらいでお礼は必要ないですよ？　私だって沢山助けてもらっていますし……人に

教えることは自分の勉強にもなりますから」

やばいよぉこの子……めちゃくちゃいい子やんけ……。俺が逆の立場だったら『よぉしそれなら焼き肉でも奢《おご》ってもらおうかぁ!?　もちろん一番高いコースな！』くらいは言ってそうなんだけど。六教科も教えるってそういうことでしょ？

「姫野は良くても俺の気が済まないんだよ。姫野がいなかったら俺の赤点は不可避だった。あとこんな助けてもらったのに何もしないっていう罪悪感で押《お》し潰《つぶ》される」

「ええっ!?　べ、別に罪悪感を覚える必要は……」

「感じるものは感じるの！　俺が出来ることなら何でもするから言ってみ？　あ、あげれる上限金額は一万五千円までな？」

流石に普通の高校生が十万とか使えない。仮に使える奴いたら、そいつは間違いなく普通の高校生じゃない――このリスみたいに頬をパンパンにした柚がいい例だ。

なんて呆《あき》れを孕《はら》んだ視線を柚に向ける俺へ、

「お金は要りませんよ!?　ただ、どうしてもと言われれば――」

困ったように……されど少し嬉《うれ》しそうに顎《あご》に指先を当てた姫野が出した望みは。

□

「――ホントにこんなんでいいん？」

「はいっ！」

最近ここに来ること多いなぁ……とかぼんやりと考えつつ、制服姿の姫野と二人でやって来たのは――又もやイ〇ン。

レパートリーが少なすぎると言われるだろうが、正直映画館があるから全てイ〇ンで事足りるんだよな。流石に遊園地とかはないからアレだけど。あと、高校生のお金で遊べる場所って言ったら必然的にここになっちゃうのよ。

まぁそんなことはさて置き。

今日俺と姫野がここにいる理由は――彼女から熱望されたから。それもウィンドウショッピングがしてみたいというちょっと意味の分からない望みだ。

俺的にはもっと違うのはないかと思う――実際に聞いてみた――が、どうやらその他には特に望みもないらしい。

何でも――今のこの日常が一番願っていたモノだから、とのことだ。もう健気とか可愛いとか通り越して女神。是非とも彼女には世界で一番幸せになってもらいたい。

なんて感心三割困惑七割が顔に出ていたのか、姫野があはは……と苦笑と共に頬をぽりぽりとかいた。

「私、家が貧乏ですから、買いたいモノがありそうな場所には近付かないようにしてたんです。だから色々と見ながら買い物をするというのが新鮮でして……」

「もう何でも言って。おじさんが何でも買ってあげる。今のおじさんのお財布の口はガバガバだよ。湧き水のように出てくるよ」

「い、いえ！　ちゃんと自分でお金は払います！　この前沢山貰《もら》った景品でお金が浮きましたので！」

俺がほろりと涙を流しながら言えば、ワタワタと慌てた様子でブンブン首と手を横に振る姫野。

そう言えば君ってリアル『ゲーセン泣かせのクレーンゲーマー』だったね。そりゃあんな大量の景品が手に入ったらお金も浮くよなぁ……別ジャンルではあるものの、一介のゲーマーとしては俺もそんな上手くなりたい。

「あ、今日もクレーンゲームする？　今日は問題児店員がいるから、その店員を泣かせてやろうぜ」

「やりませんよっ！　絶対近付かない方がいいじゃないですかっ!!」

そりゃそうだ。わざわざ厄介事に首突っ込む奴なんざいねぇわな。

「んじゃまぁ……適当にブラブラ回るか」

「そうですね！　――あ、あそこ行きたいです！」

開始数秒。早速見てみたい店が見つかったらしく、姫野が普段よりも浮ついた様子で俺の肩をポンポン叩《たた》きながら……対角線上のＪＫ御用達と何処かで聞いたことがある服屋を指さした。

ところで姫野さん、不意のボディータッチは男子にやってはいけませんよ。変な勘違いするし、しなくてもドキッとしちゃうからね。君に振られた俺じゃないと好きになってたからね？

なんて思いつつも、俺は素知らぬ顔で頷《うなず》いた。

「おー、良いじゃん。行こ行こ」

普段ならツッコんでるかもしれないけど……今日くらい自由に楽しんで貰いたい。こればかりは俺が我慢すれば何とかなるからね。尊死しないように頑張れ俺。

俺は普段とは違って子供のようにきゃっきゃしながら足取り軽く向かう姫野の後ろ姿を眺め……。

「佐々木君、早く行きましょう！」

はたと止まって此方《こちら》を振り返りつつ笑顔で言う姫野の姿に俺は感慨深く思いながら、肩を竦《すく》めて駆け足で追いつく行動で返事をしたのだった。

□

「——佐々木君っ、佐々木君っ！　これはどうですかっ？」

そう言って試着室のカーテンがジャッと開き——中から胸元にロゴが入った、二の腕とお腹が僅《わず》かに見えるフレンチスリーブのTシャツとダメージジーンズとかいうパンツを穿《は》いた姫野がくるっとその場で一回転しながら現れる。

俺はそんな姫野を試着室の前にある背もたれ無しのベンチに座って、膝《ひざ》に肘《ひじ》を預けて組んだ手の上に顎を乗せつつ眺め……足りない語彙《ごい》力で何とか思いを具現化する。

「そうだな……俺的には姫野さんのイメージとは少し違うが、逆にギャップがあって正直目から鱗《うろこ》って感じで似合ってる。めちゃくちゃいい」

ただ物凄《ものすご》く目のやり場に困るます。包み隠さず言えば物凄くエッッッ。

だって二の腕とお腹はもちろんのこと——姫野の暴力的なパイ乙がTシャツを押し上げているのだ。そのせいでお腹部分と服の間に絶対領域的な空間ができており……下から覗《のぞ》けば普通に下着が見えそう。誰か俺を拘置所にぶち込んでください。

自ら出頭するスタイルで交番に向かおうとする俺を他所《よそ》に、姫野が照れた様子でパタパタと顔を手で扇《あお》ぎつつ、満足げに目尻《めじり》を下げて自分の服を見下ろした。

「そ、そこまで褒められると嬉しくなりますねっ……！　こういったのは普段着ないんですけど、店員さんにオススメしてもらったので着てみましたが……私も気に入ったので買ってみますっ！」

「……っ」

助けてください、目の前の可愛さの暴力という物理防御貫通攻撃のせいで俺の心臓が破裂してしまいそうです。俺のＳＡＮ値がゴリゴリと削られています。

因みにどうしてこんな試着会が繰り広げられているかというと——それは偏に、俺達が店員のお姉さんの口車に乗せに乗せられてしまった結果だった。

こういった店に慣れていない姫野と女性物のファッションにとことん疎い俺は、入って十数秒も掛からず店員さんの餌食となった。如何せんアパレルショップの店員さんというのはトークスキルが高すぎるが故に『是非とも買ってください』を押し付けることなく誘導してくるのである。試着はその一環だろう。

「てか店員さんってマジで凄いのな。どれもこれも姫野さんに合う服ばっかじゃん」

「私がしたことなど些細《ささい》なことですよ。彼女さんは素材が良すぎますからね」

「!?　い、いつの間に……!?」

ボソッと独り言のつもりで呟いた言葉を、俺達をまんまと口車に乗せたコミュ力お化けの店員のお姉さんに返され、驚いて横を振り向く。そこにはいつの間にか隣で姫野の試着姿を見ながら後方腕組彼氏かの如くうんうん頷く店員のお姉さんがおり、非常に満足そうな表情だった。

「やはり私の眼に狂いはありませんでしたね」

と言うのも、今試着しているのも含めた何種類かの服は、全てこのお姉さんに選んでもらったものなのである。

一つ前は清楚《せいそ》系のスカート姿、二つ前は帽子を被り、太ももが露わとなった短パン姿……そのどちらもが物凄く似合っており、俺の足りない語彙力程度では言い表せない程に可愛かった。

「あの……お姉さんは店員なのに他のお客さんを放って俺達に付きっきりでいいんです

か？　や、確かにお姉さんのお陰でスムーズにいってるんですけど」

俺が恐る恐る尋ねれば……お姉さんはニコッと明るい笑みと共にサムズアップした。

「大丈夫ですよ！　私なんてここだと一番下っ端の新入りスタッフです……か……ら」

「……お姉さん？」

突然尻《しり》すぼみに声を小さくして一つの方向を見つめて固まったかと思えば……少し慌てた様子で営業スマイルを浮かべる。

「わ、私は他のお客様への応対に行ってきます。彼氏さん、絶対にあの彼女さんを離してはいけませんよ？」

「や、俺彼氏じゃないんで」

何気なく返して直ぐに、ここは適当に流しておけば良かったと後悔する。実際、店員のお姉さんは気まずそうに苦笑を浮かべると、ペコペコと頭を下げてきた。

「それは……ごめんなさい。でも、結構良いカップルになれると思うんですけどねぇ……っと店長に睨《にら》まれたので私はこれで！」

「あ、はい」

びゅーんと風のように店長と思わしき男性の下に駆けて行ったお姉さん。てかやっぱり俺達に付きっきりなのはダメだったんかい。まぁそりゃそうだよなぁ……仕事でお金を貰ってるわけだし。

なんて思いつつ苦笑を零していると……制服姿に戻った姫野が試着した服を胸に試着室

より帰還する。

「おまたせして申し訳ありませんっ」

「ん？　あ、おかえり。あの愉快なお姉さんが相手してくれてたから全然大丈夫よ。そんで……どれ買うん？」

「……ぜ、全部買おうかなぁ……と」

「お、良いじゃん」

まぁどれも似合ってたし妥当だな。タイムセールか何かで安くなってたし。

俺は『よっこらしょ』とのおじいちゃんみたいな掛け声と共にベンチから立ち上がると、姫野の胸に触れないように細心の注意を払いつつ、ひょいっと服達を取る。

「さ、佐々木君？」

「んじゃ買うか。全部で一万ちょっとだし俺が奢《おご》るわ」

「いや私が買いますよ⁉　これ全部私の服ですし……」

「いいのいいの。俺が買いたいから買うわけだし。フッ、親から毎月お金が貰える俺の財力を舐めるんじゃないよ」

そう言って、俺から服を取り返そうとする姫野を躱《かわ》しながらレジへと急いだ。

□

「…………ふぅ……女子高生多かった……気まずかった……」

「本当にありがとうございますっ、佐々木君」

「や、もういいって。今日はお礼のつもりで来たわけだし。むしろあそこで奢ってなかったら俺が来た意味ないじゃん」

服屋から出た俺達は、どちらからともなく近くのベンチに座った。今どきの女子高生ってインターネットで服を買うのかと思ったけど……あの店の繁盛具合を顧みると意外とそうでもないらしい。それ故に物凄く視線が突き刺さって気まずかったけれども。

「そこに居てくださるだけで私は嬉しいですよ？」

「!?」

えっ、何この子？　超絶いい子なんですけど。本当にいい子過ぎていい子としか言えないんだけど。絶対モテるでしょう？　あぁめちゃくちゃモテてたね。

「――てかさ、今日ってどうして柚居ないんだ？」

ベンチの背もたれにぐでぇ……と背を預けた俺は、今までずっと思っていた疑問を口に出す。こういう時には必ず付いてきそうな柚が、今日は来ないどころか行きたいとすら言ってないことに違和感を覚えていたのだ。

そんな俺の疑問を聞いた姫野は、何とも言えない表情で苦笑を零した。

「えっと……」

「あぁ、その反応で大体分かるわ。――告白されてんのか」

「そうだと……思います。私も最近増えていますので……あ、も、もちろん断っていますよっ！」

「うん、わざわざ言わないでも大丈夫。彼氏出来たら此処《ここ》に居ないから。それに……うん、男子達の考えている事が手に取るように分かってしまうのが辛いわ」

大方、文化祭で一緒に回りたいと思って告白するか、今の時期皆浮かれてるからワンチャンいけると思って告白するかのどちらかだろうな。まぁ二人は安定の絶対に無理だと思うけど。

「アイツに告白とか凄《すご》いねぇ……柚でそれなら、姫野さんはもっと告られてんじゃないの？」

だって姫野って柚より人気あるらしいし。いや今日一日でその理由が痛いくらい分かったけれども。俺も男として一回くらい告白されてみたいよ。

俺が世のモテモテイケメン共を憎みそうになっていると、姫野が少し沈んだ表情で呟《つぶや》く。

「はい……明日《あした》呼ばれています。もちろんお断りするのですが……毎回断るのも心に来ると言いますか……少し罪悪感が……。別に迷惑だってわけではないんですけど」

そうフォローしつつも不恰好《ぶかっこう》な笑みを浮かべる姫野の姿に、俺はついつい思ったことが口に出てしまった。

「いや——罪悪感なんて覚えなくてもいいだろ」

「…………えっ？」

姫野が少し目を見開いて驚いた様に俺の方を見た。

さながら、初めて言われた言葉だとでもいう様に。

そんな難しく考える彼女に、俺は肩を竦めながら言葉を続ける。

「だってさ、告白って言うのは……告白する側の勝手だろ？　自分が付き合いたいから告白するのであって、相手の気持ちは大して考えずに、ただひたすらに自分の気持ちを押し付けてるだけなんだから」

「そうですけど……相手も勇気を出して……」

「いや、勇気を出すのはあくまで自分の利益になるからだろ？　別にソイツが勝手に告白するのに勇気を出したって、所詮《しょせん》はソイツのことだしソイツがその相手と付き合いたいっていう下心じゃん？　わざわざ姫野さんが心を痛める必要はないんだよ」

「そう、なんですかね……？」

姫野は、それでも完全に納得いっていない様で、未だ顔色は芳しくない。身勝手な相手の気持ちを本気で考えるなんて本当に彼女は優しい。優しすぎて不器用だ。

そこで、俺は最終兵器を投入した。

「それに——告白する側からすれば、自分勝手に告白したのに、そうやって申し訳なさそうにされるとダメージ強くなるんだよ。どうせならスパッと言って欲しいって俺なら思うね」

実際、柚の時は大して心にダメージは響かなかったが、姫野の時は心に大ダメージを喰らわせられた。

逆に自分のせいで考え込ませちゃって申し訳ない的な感じ？　特に俺なんて別に好きでもないのに時間使わせて告白――あれ？　俺ってダメージ受けちゃいけない人間じゃね？　中身のないスッカスカな言葉を聞かせるために姫野の放課後の貴重な時間を使わせたのか……俺ってとんでもない屑《くず》ですやん。

俺は自分の屑さ加減を改めて再認識しつつ、おちゃらけた笑みを浮かべる。

「逆に告白してきた側がキレてきたら噂でも流せばいいんだよ。姫野さんの影響力は学校随一だからな。『あの人が告白してきたくせにキレ散らかしたー！』ってな」

「流石にそれはしませんよっ！　……ですが――ありがとうございます、瑛太《えいた》君。お陰で少し気分が楽になりました」

「おう、それはよかったよかっ――ん？」

今何て言った？　ちょっとタイム。審判、リクエストお願いします。さっきの所まで遡《さかのぼ》って……何？　あまりにも姫野が可愛すぎてカメラが壊れた？　一体何言ってんのお前。なんて毎度の如くテンパって思考がバグりながらも、恐る恐る姫野の顔色を窺う。

「あ、あのぉ……今俺の名前……」

俺が少し遠慮がちに言うと、姫野はジーッと見つめられるのが恥ずかしいのか、ほんのりと頬を朱色に染めつつ、照れたような笑みを浮かべて口を開いた。

「と、友達なのに苗字呼びというのは少し距離を感じると言いますか……柚ちゃんも下の名前で呼んでいるわけですし……迷惑でしたか……？」

おい、潤んだ瞳《ひとみ》で悲しそうに言われると迷惑なんて言えなくなるじゃないか！　まぁどうせ俺はそんなこと絶対に死んでも言わないけど！　寧ろこっちがありがとう！

「ま、まぁ俺は下の名前で全然構わないと言うか……寧ろ嬉《うれ》しいまであるし……因みに俺も姫野さんのこと下の名前で呼んだ方がいい？」

「はいっ！　是非とも下の名前で呼んで貰《もら》いたいですっ！」

姫野は、少し不安そうな先程の表情を一変させて嬉しそうに、そして期待の篭《こも》った瞳を此方《こちら》に向けて頻りに首を縦に振る。身長差が自然と姫野の上目遣いを助長して普段の二倍は可愛さが増していた。

流石にそこまで期待されたら呼ばないわけにもいかないわけで……。

「………芽衣さん……？」

「出来れば『さん』付けなしでお願いしますっ！」

「…………芽衣……」

「はい、芽衣ですっ。瑛太君――これからも宜しくお願いしますね？」

上目遣いで笑みを浮かべながら言ってくる芽衣に、俺は陰キャらしくただただ頷《うなず》く事しか出来なかった。

因みにウィンドウショッピングは余裕で数時間を要した。次からは女子とのウィンドウショッピングだけは注意しようと心に誓った。

第10話　文化祭開幕

時は流れて――遂に文化祭の日がやって来た。

　俺達生徒は最終準備のためにいつもより一時間ほど早めに来ており……時刻は現在九時。開幕が九時半なので、あと三十分ほどで完璧《かんぺき》に準備を終えなければならないのだが――。

「やっばい……ガチで緊張するんだけど……朝陽《あさひ》にキレられないかが」

「それな。普通に部活の大会よりも緊張するんだが……朝陽にキレられねーか」

「…………（死）」

　チャラ男代表みたいな矢上《やがみ》が普段の彼の姿に似合わず表情を強張らせ、緊張など微塵《みじん》も知らなそうなイメージの秋原《あきはら》がムキムキな身体を子鹿のようにプルプルと震わせていた。

　ん、俺？　俺ももちろん朝陽にキレられないか物凄《ものすご》く不安だが……それより客にどんな目で見られるのかが不安で不安で死にそうです。というかもう既に現時点で半分死んでいるかもしれん。だって横見たら皆んな俺より断然顔が整ってるんだもん。やっぱり斎藤《さいとう》は許さない。

　三者択一ですらなく全員が全員緊張にガチガチに固まっていると。

「あはは……大丈夫だよ皆んな。俺と一緒に頑張ったじゃないか」

俺達の緊張の原因である張本人――朝陽が爽《さわ》やかな笑みと共にやって来る。その何気ない姿さえもカッコよく見える容姿と雰囲気には、もはや嫉妬《しっと》すら湧かない。嫉妬すら湧かないが……今湧いてくる恐怖はバグですか？

「あ、朝陽……」

俺の畏怖《いふ》すら篭った言葉に、朝陽が不思議そうに小首を傾げた。

「おはよう瑛太《えいた》。今日は頑張ろうね」

「あ、あぁ……でも練習と本番は――」

「違わないよ？　練習でできたんだから、本番でも余裕だよね？　情けない姿を見せるなんてことが――」

「「「――あれ？　一気に緊張やら何やらが解けたなぁ！　さぁいっちょやってやりますかっ!!」」」

朝陽の圧のある笑みと脅しにしか聞こえない言葉にあまりの恐怖から一瞬身体がバグったらしく、ハモってしまうほどに同タイミングで俺達の緊張が解ける。普通にいつもの優しい朝陽を返して欲しい。

なんて思いつつ、俺達執事担当の四人は執事服に身を包んで扉の前でいつでもお客様が来てもいい様にスタンバイしておく。

厨房《ちゅうぼう》となった教室の一角では、料理自慢の奴らがなぜか俺主導の下で知恵を出し合って一緒に考えたメニューを念仏を唱えるかの如く反芻《はんすう》していた。

何でアイツらが緊張してんだよ……俺が細かいレシピ渡したろ……。大して顔も良くない俺の方が百倍緊張するんだから頑張れ。

因みに俺達のカフェはコーヒーやジュースなどの飲み物から、ケーキ、クッキーとかのスイーツ、ナポリタンなどの満足する食事まで、幅広く取り揃えている。もちろん殆《ほとん》ど全て俺の案で、七割方俺のオリジナルと変わらないが、それ以外は食品係が自ら考えたレシピだ。

「そう言えば……女子にあんまり文句言われなかったなぁ」

俺がレシピを渡した時は寧ろ少し尊敬の色が混じっていた様な気がする。

まぁ主犯格の西園寺《さいおんじ》とはあまり仲の良くない女子達だからなのかもしれないが、クラスの女子全員が敵でないことが確認できて嬉しい限りだ。最近は女子より男子の嫉妬の視線の方が多いが。お前ら顔良いんだから作ればいいじゃん、彼女。

俺がそんな下らないことを考えていると——開始を知らせる放送が聞こえて来た。

《それでは——第二十七回文化祭の開幕です!!》

□

「「「──お帰りなさいませ、お嬢様」」」

「きゃぁああああっ!! イケメンばっかりよっ！ こんなに顔面偏差値高い執事カフェなんて都内にも少ないわ……！」

「あぁ……朝陽君の御尊顔で私の目が生き返る……！」

「あの筋肉……じゅるり……」

お客様である三人の女性達はそれぞれの執事を指名して席に着いた。それから三人の女性はキャッキャと黄色い悲鳴を上げながら楽しそうに朝陽達が扮《ふん》する執事と話している。

──俺以外の執事と。もう一度言おう、俺以外の三人と。

「…………いや分かってたけどさ、分かってたけど。流石にこれはキツいわ……」

接客業なので表情こそ笑みを浮かべているものの……既に俺の豆腐メンタルは呆気《あっけ》なくボロボロに崩壊していた。

いやさ、指名されないだけじゃなくて数合わせで俺が担当したら露骨にガッカリした顔をされるんだぞ？ 俺も逆の立場だったら同じ反応すると思うからなにも言わないけど……こちとら二人以上に頑張って礼儀作法の訓練したのに。何ならやりたくて執事をやってるんじゃないのに……。

「…………やっぱ顔か」

やっぱ顔なんだろ！ くそッ……この世のイケメン全員死んでしまえ!! ついでに俺を傷付けた慰謝料でも払いやがれってんだ。

もう普通に辞めたくなったし、何なら『くっころ』状態である。その証拠に、とうとう俺は笑みすらも消して、ただひたすら無心に教室の隅の暗い所で蹲《うずくま》っているだけの木偶《でく》人形と化している。誰にも話しかけられないし、見向きもされないのを顧みれば、知能もあって自動で動くのに木偶人形にも劣っているかもしれない。

「……ねぇ、泣いてもいいかな？　いいよね？　流石にこれは泣いてもいいよね？」

俺がそう言ってみるも、誰にも届くことなく虚しく消えていく。あー悲しみ。

そんな感じで俺が結構マジで萎《な》えていると……新たなお嬢様が来た。

はいはいどうせまたあの三人の誰かだろ、とやさぐれた俺が半ば投げやりに思っていた時――とても聞き覚えのある声が執事カフェに木霊《こだま》する。

「――ん、えーたを指名する」

「私も瑛太君に接客して貰いたいですっ！」

世界の秘宝にして俺の親友――柚《ゆず》と姫野《ひめの》……芽衣《めい》である。もう嬉しすぎるから親友って言っちゃうからね、俺は。俺を喜ばせた二人が悪いんだからねっ！　……よしキモいから二度とやらないでおこう。

己の感情を律して二人を眺めると……二人はやはり他とは圧倒的に隔絶したオーラを纏《まと》っており、群を抜いて美しい。更に今日はクラT（クラスTシャツ）なので、いつもより少しラフで可愛らしい雰囲気に仕上がっていた。

そんな柚と芽衣の姿を見た瞬間――俺はたとえその内の一人が今俺がこうなっている現

状を生み出した元凶であっても嬉しかった。思わず気合十分に本気で接客してしまうほどに。

「──お帰りなさいませ、柚お嬢様、芽衣お嬢様。御二方の御席は此方です」

鏡の前で小一時間練習した爽やかな笑みを浮かべつつ完璧な口調と所作で接客する俺の姿に、二人は圧倒されて言葉が出ない様だった。

「……ん、別人」

「そうですね……とても執事っぽいですっ！　本物は見たことありませんが！」

あんたら本当に最高だよ。瑞稀《みずき》に『え、お兄ちゃんの顔面偏差値で鏡の前で笑顔の練習止めてね？　やるなら自分の部屋でやってよ』なんて割とガチめな表情で告げられながらも頑張ったかいがあったってものだ。

俺は心の底から二人に感謝しつつ、どうせこれ以外に俺のスキルを発揮する場面はないので、全力で執事を行使する。

「ご注文はいかが致しますか？」

席に座り、二つあるのに一緒に仲良く一つのメニュー表とにらめっこする二人の姿を微笑ましく眺めて名残惜しく思いながらも、尋ねてみると。

「ん、ナポリタン二つ」

「え、柚が二つ食う──畏《かしこ》まりました、少々お待ちください」

反射的に自我が出てしまった瞬間──朝陽の瞳に当てられてそそくさと注文を聞いて、

注文を厨房に伝えるべく退散するのだった。

□

「——此方がナポリタンになります。ご注文は以上で宜しかったでしょうか？」

「ん」

「は、はいっ！　大丈夫です！」

二人の返事を聞いてその場を離れようとしたのだが——何を思ったのか朝陽が俺と柚と芽衣を見て、何かを察した様に頷くと、親指を上げた。

「瑛太、ここは俺達三人で回っているから二人の相手をしててくれないかい？」

「え、あ、はい……」

俺は思わずムッとして何か言おうとして……そう言えば自分が全く指名されないことを思い出す。それと同時にふと思ってしまった。

……うん、俺、この店に今一番要らん奴確定やわ。多分準備中が一番活躍してたまである。一旦《いったん》大人しくしとこうかな。

分かってはいたことだし朝陽も気を遣ってくれたのだろうが……実質的な戦力外通告に俺が肩を落として二人の対面に腰を下ろすと、柚がナポリタンを頬張りながら首を傾げる。

「ん、何言われた？　私がボコボコにしようか？」

「そうですよっ！　酷いことを言われたなら、私からも注意しておきますよっ！」

柚の言葉に便乗する形で芽衣もぷんぷん怒っている。ただ、芽衣の怒り方だと全く怖くない上に不思議と荒んだ気持ちが和む気がした。

「いや……その気持ちだけで嬉《うれ》しいよ……。ただ、自分が如何《いか》に必要じゃないか再確認しただけだから」

俺の味方であろうとしてくれる二人には大変感謝しているが、俺自身が一番この店に必要ないことを自覚している。他の三人と比べるまでもなく顔が良くないから。

二人は俺を心配してくれながらも、ゆっくりとナポリタンに口を付け——大きく目を見開く。いや柚はさっきから食ってるじゃないの。

「ん、これ、えーたのに似てる」

「私は食べたことないので分かりませんが、とても美味《おい》しいです……！　何なら私の家に作りに来て欲しいくらいですっ！」

キラキラと瞳《ひとみ》を輝かせながら食べてくれる二人に鼻高々な気持ちだが……一つ聞き逃せないことがあった。

「……芽衣さんや」

「……⁇」

「……っ、その仕草と表情はズルい……！」

俺的には『そう軽々と家に作りに来て欲しいなんて言わない方がいいぞ』と注意したか

ったのだが、芽衣のフォークを咥《くわ》えながら不思議そうに小首を傾げる姿に思わぬ大ダメージを受けてしまったため、胸を押さえて撃沈する。

流石学年一と名高い美少女で男女ともに大人気なだけあり、俺だけでなく、厨房の男子や雑用をしていた男子やお客様のお嬢様方の視線をも奪っていた。

相変わらずとんでもない破壊力を発揮する無敵の美少女の可愛さに屈しそうになりながらも——俺は彼女のために言う。

「そ、その仕草もだが……男子の前で軽々と『私の家に作りに来て欲しい』なんて言っちゃダメだぞ？　ほら、厨房の男子が物凄い顔でこっち見てるでしょ？」

「私は誰にでも言っているわけではありませんよ？　このレシピを作ったのが瑛太君だと聞いたので、瑛太君になら家に来てもらってもいいかなって……」

「…………」

「ん、めい、それ以上はやめる。えーたの頭がショートしてる」

「あ、あ、えっと……〜〜ッッ!!」

芽衣は自分の言ったことを思い出して顔を真っ赤にして恥ずかしがる。どうか、それを言う前に気付いて欲しかったと思いながらも……こんな美少女に言われるほどの料理の腕を手に入れた俺を褒めてやりたい。

聞きましたか皆さん？　超絶美少女芽衣さんから俺だから家に来てもらっても良いなんて言われちゃったよ！　マジで料理やってて良かったわぁ……。ほんと……ウチの家族が全員料理が壊滅的だったからなぁ……俺がやらなければならなかったんだよな。

そう言えばこの文化祭は我が妹達も来ているとか――。

俺がふとそんなことを考えていると、再び俺達の教室の扉が開く。

そこには、高校生とは思えない、明らかに中学生程度のそこそこ可愛い女の子が立っていた。

その女の子を――俺は知っている。

「あ、友達から聞いてたけど、本当に執事やってたんだね、お兄ちゃん！　案の定全然似合ってないよっ！　やっぱり顔が上の下くらいだからかな？」

「やっかましいわ！　兄に会った瞬間言うことがそれか!?　おーおー随分と生意気になりましたな、顔面偏差値上の中の下くらいの我が妹よ」

――妹の佐々木《さ さ き》瑞稀は、早速俺のことをいつもの様に煽《あお》ってきたので、俺も眉毛《まゆげ》をヒクつかせながら煽り返した。その煽りをあっさり受け流した瑞稀は、ポカンとしているクラスの皆と客をガン無視して俺達の方へやってくる。

「うわぁ……！　お兄ちゃんの隣に今まで見たこともない美少女先輩達が……!!　しかもどっちもおっぱいおっきい!!」

「初対面で人の身体のことについて触れるな馬鹿！」

俺が失礼なことを平気で口にする妹の頭を軽くチョップすると、瑞稀はわざとらしく頭を押さえたのち、キザっぽい仕草と表情を浮かべて言った。

「痛いってお兄ちゃんっ！　こんな暴力兄の近くに二人の様な美少女を置いてはおけない！　さぁ私と一緒にここを出ましょう！」

「お前はただ美少女を堪能《たんのう》したいだけだろ」

「あ、バレちゃった？」

「分かるわド変態妹めが」

　俺達があれやこれやと売り言葉に買い言葉で喧嘩《けんか》をしていると……二人がポカンとしていることに気づき、慌てて自己紹介をさせる。

「お、おい！　と、取り敢えず自己紹介だ瑞稀！」

「ん？　あぁ、オッケー任せてお兄ちゃん。――私は佐々木瑞稀！　ここに居る佐々木瑛太の妹です！　いつも頼りないお兄ちゃんがお世話になっております」

「最後だけは当てはまらないな。俺はめちゃくちゃ頼りになるんだよ」

　瑞稀が胸を張ってそう言うと、少しの沈黙が教室を包み込んだ後――客をも巻き込んで大きな歓声や驚愕《きょうがく》の声が上がった。

「「「「ええええ!?　あの佐々木にこんな可愛い妹だとぉおお!?」」」」

「おい『あの佐々木』とはなんだ！　失礼な奴らだな!?」

「「「「可愛い～!!」」」」

「わあぁ……お、お兄ちゃんっ！　助け……あ、やっぱり助けなくてもいいです。女の子に囲まれるの大好き♡」

「お前が一番危険だなバカ妹」

　誰かこのカオスみたいな空間を何とかしてください。

□

「——柚さんっ！　この唐揚げ美味しかったですよ！」

「ん、てんきゅー瑞稀。買ってくる」

　普段の五倍くらいテンションが高い瑞稀が口いっぱいに頬張りながら唐揚げ店を指差す。それと同時に財布を握りしめて即座に買いに行く食いしん坊の柚。君達相性良さそうだね。

「芽衣さんはお料理出来るんですか？」

「瑛太君程上手くはないけれど、そこそこは出来ますよ」

「わぁあ……凄《すご》いですね！　私なんてレシピ見てもゲテモノ料理になるのに！」

　年下という利点を活かした瑞稀が普段柚の世話を焼いている芽衣の母性を刺激したらしく、ほぼ初対面でありながら仲良さげに話している。

　そしてそんな二人の後ろをついて行く大して顔も良くない一般男子高校生——つまり俺である。

「——いや、仲深まるの早過ぎだろ。おい我が妹よ、お前、一体何をしたんだ？」

「失礼だなぁお兄ちゃんは。ただ、昔のお兄ちゃんの話をしてあげただけだよ？」

「つまり俺の黒歴史も話したってことだな。万死に値する」

ひゅーひゅーと下手くそな口笛を吹きながら目を逸らす瑞稀の顔面にアイアンクローを食らわせようと手を伸ばせば……芽衣が慌てた様子で俺達の間に割って入った。

「お、怒らないであげて下さい、瑛太君っ！　聞いたのは私達なんです！」

「ぐ……命拾いしたな、瑞稀……！」

「ふっ……やっぱりお兄ちゃんは美少女二人に弱い。つまり私が二人のそばを離れなければ怒られないっ！」

「そんなわけあるか。あまり俺を舐《な》めんな」

「いだっ⁉」

俺がそこそこの力を籠《こ》めてペシッと瑞稀の頭を叩《たた》けば、クリティカルヒットだったらしい瑞稀が頭を押さえて悶《もだ》える。

ほんと、この直ぐに調子に乗るくせは誰に似たんだか……。俺ではないし……って父さんか。ウチの父さんは本当に直ぐに調子に乗るからな……まぁその後で直ぐに母さんに落とされるんだけど。

え、俺？　もちろん調子に乗りませんよ？　堅実でクールな男ですから。

「なぁ瑞稀、父さん達は？」

「ん？　パパ達はメイド喫茶に行ってるよ？　何でもパパがどうしても行きたいってお願いしたらしいよ。ママも大輝《だいき》お兄ちゃんも朱里《あかり》さんも苦笑いしてた」

「あのバカ父め……母さんと兄貴はまだしも、朱里さんまで巻き込むとは……後で母さんの雷が落ちるな。瑞稀、お前は近くにいない方がいいぞ」

「もっちろん！　と言うか私、柚さんと芽衣さんの近くを絶対に離れない！」

「ダメだダメだ。お前みたいな美少女狂いの激ヤバな奴を柚と芽衣に近付けさせるわけない――って芽衣から離れろバカ！」

「嫌だ！　このおっぱいの柔らかさを知ったらもう後戻りは出来ないの！」

瑞稀はそう言って正面から芽衣に抱き付く。芽衣も身長が高い方ではないが、瑞稀は一四〇センチ程度しかないので、抱き付けば丁度頭が芽衣の大変素晴らしい胸部装甲に行くわけだ。

……コイツ、本当に女に生まれて良かったな。これで男だったら一発逮捕の永遠刑務所行きだろ。危険人物どころじゃねーもん。

これでもかと芽衣のおっぱいを堪能しやがる変態妹の醜態に、同じ家族として情けなく感じると共に眉間《みけん》を摘んだのち、襟を摑《つか》んで責任を持って離れさせる。俺に持ち上げられて宙ぶらりんになった瑞稀が、不満げに此方《こちら》を睨《にら》むので、絶対零度の冷たい眼差しで睨み返してやった。

「……瑞稀、遺言をどうぞ」

「もっと美少女のおっぱいに埋もれてたかった――って何言わせてるのよお兄ちゃん！」

「自分で勝手に言っただけだろ。良い加減大人しくしないと兄貴に預けるぞ」

「私、めっちゃ良い子。女の子に抱き付かない。だから大輝お兄ちゃんの所、行かない」

「次やったら兄貴の所に強制連行な」

「……はい」

兄貴は、非常に不服だが俺とは違って怖いし容赦がないので、瑞稀を黙らせるにはこれが一番効果的だ。まぁ俺にもクリティカルヒットだが。

急に借りてきた猫のように大人しくなった瑞稀を不思議そうに眺める芽衣だったが……ふと思い出したかの様に言った。

「そう言えば……柚ちゃんはどこに行ったのでしょうか……？」

芽衣が唐揚げを売っている屋台に柚が居ないことに気付き、眉尻《まゆじり》を下げてキョロキョロと辺りを見回しつつ首を傾げる。俺も瑞稀も芽衣に釣られる様に辺りに視線を巡らせるも……残念ながら柚の姿が見当たらない。

………………。

「…………おい、瑞稀。俺は今物凄《ものすご》く嫌な予感がするんだが」

「同感だよお兄ちゃん。これは間違いなくナンパにあってるね」

「ええっ!?　もしそうなら急いで助けに行きましょう！」

「そうだよお兄ちゃん！　お兄ちゃんのお嫁さん候補なんだから此処《ここ》でかっこいいところを見せない――とッ!?」

「余計なことは言うな。今はふざけている場合じゃないんだぞ」

そう――この文化祭は一般の人も入ることが出来る。柚はこの学校内では『絶対零度の美少女』とも形容されるほどには恐れられているため、襲われるなどということはないが……一般客が紛れ込んでいるとなると話は別だ。

くそッ……完全に俺のミスだ……皆んなで並べば良かった……。

俺は取り敢えず後悔するのは後にして、人を掻《か》き分《わ》けながら柚を捜す。一日目ということで人が多く、いくら柚が身長が高くて美少女であろうとこの人混みの中だと見つけるのは中々に至難の業だろう。

時間が経てば経つほど焦燥感が増す。不安が大きくなって後悔が大波に乗って押し寄せてくる気分だった。

そんな時――同じく柚を捜索していた瑞稀がビシッと綺麗《きれい》にとある所を指さして叫んだ。

「あ、居たっ！」

「……っ、何処だ⁉」

「あそこ！」

瑞稀の指の先にはあまり人のいない校舎があり、その近くに柚の姿を見つける。更に柚の手を摑んで引っ張る複数のチャラそうな大学生くらいの男の姿と、柚が本気で嫌そうな顔をしているのも見えた。

その瞬間――普段は全くない勇気が今だけは異常に発揮された。

俺は全速力で駆けると――速度を緩めず柚の腕を摑んでいる男に向かって全力の飛び蹴《げ》

りを食らわせた。

「――おいクソ野郎共!!　人の数少ない大切な友達に手ぇ出してんじゃねぇぞ!!」

「ガハッ――!?」

俺は自分でも綺麗に決まったと断言できる飛び蹴りをかました後、驚いた様子で俺を見ていた柚に駆け寄る。

「大丈夫か柚!?」

「……ん」

俺の言葉に返事はするものの、何処かぼーっとしており……心ここに在らずといった感じな柚。その様子を見ていると、何かされたのではないかという疑惑が俺の中で膨れ上がり……一人にさせた後悔が押し寄せてくる。

「……怖かったか？　と言うか何もされなかったか？　ごめん、一緒について行けば良かった」

「ん、えーたのせいじゃない。私が不注意だっただけ。寧ろ、えーたが助けてくれて嬉《うれ》しかった。ありがと」

「まぁ……何もなかったなら俺は良いんだが……」

納得こそ出来ないものの、今はそれどころではないので、俺は柚を遅れてきた芽衣に預けると――飛び蹴りを食らわせて倒れたチャラ男とソイツに駆け寄った男達を睨む。

「――で、まだやんの？」

「お前イカれてんのか⁉　初対面の奴に飛び蹴り食らわす奴が何処にいんだよ‼」

「何言ってんだよ、此処に居るじゃん。と言うか初対面のＪＫにナンパするお前らに言われたくないんだけど。一体どの口が言ってんのかね？　それに——少しは周りを見てみたら？」

「は？　——っ⁉」

呆《あき》れを通り越して憐《あわ》れさすら感じていた俺がクイッと顎《あご》で辺りを見回すように促すと……男達が訝《いぶか》しげに周りを見回しては、数多《あまた》の人々の視線が此方に向いているのに気付いたらしく驚いた様に目を見開いた。隣にいた二人の男も若干顔を青くして逃げ腰になる。

「お、おい……これはマズいって……！」

「逃げた方が……」

「う、うるせぇ！　どうせ此処には出禁になるんだ。アイツに一発ぐらいやり返さなきゃ気が済まねぇ！」

「お、おい！」

「やめろバカ！」

俺的には結構本気で蹴ったつもりだったのだが……意外にも奴の身体はピンピンしており、こめかみに青筋を浮かべて仲間の制止を振り切って襲いかかってきた。

「俺に恥かかせやがってッ！　絶対にぶっ殺すッ‼」

「おいおい逆上かよ……典型的なコッテコテの噛《か》ませ犬やんか。オタクたる俺はいつもなら興奮してたかもだけど……今日は容赦はしねぇよ」

テンプレみたいなＤＱＮの男の姿を呆れを多分に孕《はら》んだ視線で睨み付けつつ、俺は殴り掛かってきた男の拳《こぶし》を避けながら腕を横から掴んで関節を決める。

「い、いだッ!?　いだだだだだ!?　は、離せッ!!」

「いや離したら絶対殴ってくるじゃん」

俺は表面上では何でもない風に装いながらも、心の中で盛大な安堵《あんど》のため息を吐く。

あ、危ねぇ……。ま、まさかこんな所でも厨二病《ちゅうにびょう》だった時の名残りが役に立つとはなぁ……昔から色んな武術を齧《かじ》ってきて良かったなホントに！　昔の俺バンザイ！

なんて胸中で昔の俺を褒め称えながら、文化祭の治安を護る警備員の到着を待っていると。

「良い加減諦《あきら》めろ。もう少しで警備員来るからとっとと帰るんだな」

「ぐ……調子にのる――ひっ!?」

俺によって軽々と関節を決められた男が、突然恐怖に支配された声を漏らす。何事かと思って前を見ると……よく知る人物がいた。

――そう、兄貴である。

「あ、兄貴。来るの遅ぇよ」

「悪いな、瑛太。朱里とデートしてたから全く気付いて無かったわ」

「殺すぞ兄貴。彼女が居ない俺に言うことかそれは？　まぁ別に彼女は要らんけど」

「まぁまぁそれは後で論争しようじゃんか。どうやらお前、面白い事になってるらしいし」

そう言って兄貴が柚と芽衣をチラッと見た後、此方をニヤニヤと、それはもう気持ちの悪い笑みを浮かべた。

……その笑顔、ぶん殴ってやりたい。そしてそのままドロップキックもオマケで。

「……絶対に紹介したくないんだが？」

「兄に逆らうとは良い度胸だな？　後で身体で教えてやろうか？」

「ごめんなさい絶対に話しますのでどうか殴り合いはやめてください」

「ならよし。それと――ヘタレのお前がよく頑張ったな。どうやら相当大事な友達らしい。まぁ……後は任せな」

兄貴は『絶対に逃すなよ』と、意味深な言葉を俺に告げた後、俺からひょいっと男を奪うと、他の二人の男とも肩を組んで捕らえ――いきなり笑みを消してドスの利いた恐ろしい声を出した。

「――おい。ウチの家族に手を上げようとしたのはお前か？　覚悟は出来てんだろうな？　出来てるんだよな？」

「だ、大輝さん……ま、まさかアイツ――あの子が兄貴の家族だとは知らなかったんです……！」

「そ、そうですよ！」

「マジで知らなかったっす！」

三人は顔面を真っ青に染めて全力で言い訳をする。そんな三人に、兄貴は目が全く笑っていない笑みを浮かべた。

「まぁ……少しあっち行こうか？　朱里の時の事を忘れたらしいし」

「「「す、すいませんでしたッッ!!」」」

兄貴は謝り倒す三人を校外へと連れて行った。

「……兄貴怖ぇ……」

「大輝お兄ちゃん怖過ぎるよぉ……」

「……ん、あの人怖い」

「こ、怖かったですっ……」

俺達一同はその光景を見ながら、いきなりの展開に目を瞬かせ、恐怖を口に出すことしか出来なかった。

……やっぱ兄貴には逆らわない様にしよ。

俺は心に誓った。

「――ねぇ、君この学校の生徒だよね」

「俺達と一緒に回らない？」

「絶対楽しいよ？」

「ん、絶対嫌」

私――始良柚《あいらゆず》は、初めて友達と一緒に文化祭を回るということで……少々舞い上がり過ぎていた様だ。普段ならこんなミスしないのに。

というのも、私が瑞稀《みずき》にオススメされた唐揚げを無事買えてホクホク顔で戻ろうとした所で、最悪なことに一人で遊んでいると判断されたらしく、チャラ男三人組に絡まれてしまった。

もちろん自身の見目が、他よりも圧倒的に整っているのは理解している。なので、休日に遊びに行けばほぼ確実にこうしてナンパをされるのだ。

しかしその分ナンパをされないための方法も知っているし、仮にナンパをされたときのための対処法もある程度は知っている。

「えー、良いじゃん」

「嫌」

チャラ男達が薄っぺらい笑みを浮かべて誘って来るが……もちろん速攻で、全く興味無いという態度を全開にして断る。

このように全く興味が無いという態度を取れば、大抵のナンパ野郎は去っていく。

しかし——今回は学校の男子生徒達や普通のナンパ野郎共と違って……中々に諦めが悪かった。

「えぇ～～ノリ悪いなぁー！　良いじゃんちょっとだけだって！」

「あんな子供より大人と遊んだ方が絶対楽しいって！」

大学生にしか見えないけど、一体何処が大人なのだろうか？　年下の高校生に手を出そうとする下半身に支配された奴らより、気遣い出来て誰かの為に動けるえーたの方がよっぽど大人に見えるのは、何も私だけではないはずだ。

「ん、嫌。あまりしつこいと警備員呼ぶ」

私は面倒になって来たので、男達と少しずつ距離を取りながら最終手段として巡回している警備員の存在をチラつかせると、途端に三人の動きが止まる。

どうやら警備員という言葉が効いた様だ。

その姿にホッと安堵のため息を零した私が、えーたの下に戻ろうと踵《きびす》を返す——と同時に三人組の内の一人が怒りで顔を赤くしながら先回りしてきた。

「こっちが下手に出てれば調子に乗りやがって……女は黙って男の言う事を聞いていれば良いんだよッ！」

　三人の中でもリーダー格っぽい男が明らかな男女差別的言葉を発し、自身の男を見る目がより冷たくなっているのを自覚する。ただ、その言葉に残りの二人が少し焦った様な表情を見せた。

「お、おい……流石に学校内ではマズいって……！」

「ガチで追い出されるぞ……」

　どうやら二人はこのリーダー格の屑男《くずおとこ》よりはまだマシな部類に入るらしい。最低の最低限くらいの常識は持ち合わせている様だ。まぁそれでも私の中での評価は最低だが。

　と言うか、頻繁に学校でえーたを屑男呼ばわりする奴らが居るが……本当の屑はこういった奴らのことを指すのだと思う。

　えーたを屑呼ばわりする学校の奴らは……きっと本当の屑に会ったことがないのだろう。本当の屑は考え方から理解出来ないから。

「……何？　戻るから退いて」

「あまり調子に乗るなよ？　お前みたいなＪＫ一人くらい、一瞬で拘束出来るんだからな？」

　そう言って男が眉間《みけん》に皺《しわ》を寄せながら険しい顔で私の手首を強く握る。あまり力の強く無い私にとってはそれで十分で――初めて少し男に恐怖した。

「……っ、痛い……！　やめて……！」

私が少し表情を崩して声を荒らげると、男は余裕が無くなってきた私の様子を見て笑みを深める。

「はっ誰が止める――」

男がそう言っている途中で……ふと後ろからとても聞き覚えがあり、とても頼りになる声が聞こえた。

「――おいクソ野郎共!!　人の数少ない大切な友達に手ぇ出してんじゃねぇぞ!!」

「ガハッ――!?」

普段とは違って顔を憤怒に染めたえーたが男目掛けて飛び蹴《げ》りをかます。突然の乱入者の姿に驚いた男が私の手首を離した瞬間に飛び蹴りが直撃し……速度が乗っていたのもあって数メートル吹き飛ばした。しかしえーたは男に目もくれず、慌てた様子で私の元に駆け寄ってくれる。

「大丈夫か柚!?」

そう言うえーたは――本気で私を心配している表情で。

そんないつもとはかけ離れたえーたの行動と表情に、一瞬私の心臓が突然大きく脈打つ。

………………？

私は突然の自身の不思議な体の異状に内心首を傾げつつ、頷《うなず》いて大丈夫であることを示すも……それでもなお、えーたは私の事を頻りに心配してくれる。

——嬉《うれ》しかった。

助けてくれたことも。

心配してくれることも。

さっき男に飛び蹴りを喰らわせる直前に『大切な友達』と言ってくれたことも。

その全てがとても新鮮で、嬉しくて、心が温かくなる。

「ん、えーたのせいじゃない。私が不注意だっただけ。寧ろ、えーたが助けてくれて嬉しかった。ありがと」

私は何とか今の気持ちを伝えようとするが……案の定あまりうまくいかない。

やはり、私は気持ちを伝えるのが苦手だ。どうしても言葉にすると平坦《へいたん》になるし、顔にも殆《ほとん》ど表れてくれない。こんな自分が少し嫌になる。

私がそんな自己嫌悪に陥っている間に話は進み、気付けばナンパ野郎達は、えーたのお兄さんに肩を組まれて否応なしに連れて行かれていった。

その様子を、横にいるえーたが呆気《あっけ》に取られたかのような顔で眺めている。もちろん私もだが。

しかし、えーたは直ぐに開いた口を閉じると、こちらに目を向けた。

「……悪かったな、一人で行かせて」

何処か罪悪感を覚えているような表情で。

だが、これは私が勝手に買いに行ったわけであり、一ミリたりともえーたのせいだなんて思ってない。

「ん、さっきも言った。えーたのせいじゃない」

「いや、俺はお前が食い意地に負けてフラフラするのは分かってた……おい事実だろ、何で殴る⁉」

「……余計な、一言」

「お前にだけは言われたく無いけどなあ！」

「ふふっ」

目を吊《つ》り上《あ》げて食って掛かるえーたが、先程まであれほど頼もしかった人と同じに見えなくて、私は小さく笑みを零す。

そんな私の姿にえーたも毒気を抜かれたのか、小さくため息を吐いた。

「はぁ……次からは行きたい所があったら言えよ。ついてってやるから」

「ん。……ごめん」

「もう良いよ。結局兄貴が収めてくれたしな」

そう言って肩を竦《すく》めるえーた。まるで自分がしたことなど殆どないと言っている様に見えて――気付けば私は、えーたの袖《そで》をそっと握っていた。

「……柚？」

私の行動の意味が分からないといった様子で眉《まゆ》を顰《ひそ》めるえーたに、私はハッキリ言った。

「でも、助けてくれたのは、えーた。私を助けたのは、誰が何と言っても、えーただから」

「お、おぉ……そ、そうか……ありがとう？」

私の言葉を聞いてイマイチ理解していなそうに頷くえーた。

相変わらず自分の考えを伝えるのが下手くそ過ぎて嫌になる。

でも――こんな私を『大切な友達』と言ってくれたえーたを、私は大切にしていきたい。

少しずつ自分の思いを伝えられるようになりたい。

そして今はまだ、少し恥ずかしくて言えない――。


――えーたは私の一番大切な友達。

なんて言葉を、私はそっと胸に仕舞いつつ……いつもより頼もしく見えるえーたの顔を眺めるのだった。

第11話　二日目の文化祭で

兄貴には絶対に逆らってはいけないとその背中で解らされた次の日。一日経って冷静になったらとんでもないな、ウチの兄貴。

完全にお役御免化した俺は執事姿から一転してクラTに身を包んでいた。そして俺の隣には、この学校の生徒でもないくせに、入場出来るようになる九時半の一時間前くらいに外で待機するという奇行に至った瑞稀《みずき》がいた。

「……お前、やっぱりバカだろ？　紛う事なき馬鹿なんだよな？」

「……違うんだよお兄ちゃん。昨日チラッと見た時にとんでもなく並んでたから、これは入場と同時に並ばないとっ！　っていう使命が私をここに連れてきたんだよ」

「お前が何を言いたいのかサッパリだ。二十文字で纏《まと》めろ」

「――二人のメイド姿が見たいっ!!」

隠すことなく魂の叫びを上げる瑞稀の姿に、俺は見ていられないとばかりに顔に手を当てて天を仰いだ。

だめだコイツ……もう手遅れだわ。どのくらいかって言ったら、新幹線にチャリで勝てると本気で思ってる奴くらい手遅れだわ。つまりはオワコン。

　本当にどうしてウチの家族には、まともな奴が一人もいないんだろうか。母はゴリラ、父は精神年齢高校生、兄貴は鬼・悪魔・クソリア充、俺は一日に二回告白する屑、そして妹は美少女のメイド服姿が見たいがために一時間前から待機するド変態ときた。終わってんな、ウチの家族。

　両親の時点で終わってたわ……なんて諦観《ていかん》から乾いた笑みを浮かべた俺は、瑞稀に引っ張られてメイド喫茶に入るべく二日目開幕とほぼ同時に並び始めた。ただ、その人気ぶりは凄《すさ》まじく……一直線に爆速で向かった俺達でさえ直ぐに入ることは叶《かな》わず、十番目くらいになった。まぁ外から来た人間としては一番だけれども。

「いよいよだね……お兄ちゃん……」

「そうだな……お前が変な事しないかが一番気になるがな」

「変な事なんてしないよっ！　失礼な！」

「どの口が言ってんだよどの口が……」

　因みに昨日は、あれからは平和そのもので、少しテンションが下がってしまったものの、比較的楽しめたのではないだろうか。俺は美少女二人と回れただけで楽しかったです。

　ただ、その代わりに例のコッテコテＤＱＮは兄貴の方で色々とやってくれたそうで、絶対に柚《ゆず》と芽衣《めい》を紹介しろと約束をさせられてしまった。対価が釣り合ってないって。とんでもない不平等条約だよ。

なんてウチの兄貴の横暴さに恐れ慄いていると。

「お兄ちゃん、心の準備は出来た？」

一番心の準備が必要そうなド変態ＪＣの瑞稀がワクワクを抑えきれないといった様子で俺の顔を覗《のぞ》き込んできたので、俺は呆《あき》れを孕《はら》んだ瞳《ひとみ》を妹に向けたのち、肩を竦めた。

「まぁ一応はな。と言うか、あんま兄を舐《な》めんなよ？　これでもあの二人と関わる様になってからは女性への免疫も強くなったんだぞ？」

「えー嘘だー」

「何でそんな懐疑的なのか一度ちゃんと問いただしてみたい気分だよ」

「だってお兄ちゃん彼女居たことないじゃん」

「ぐ……痛い所を衝いてきやがって……別に彼女が出来ないんじゃなくて、要らないだけだし。そこんところを間違えんなよ」

疑わしげに俺を見る瑞稀が、俺にグサッと刺さる言葉を吐く。俺の本心なのに、改めて聞くとただの彼女出来ない奴の見苦しい言い訳にしか聞こえないのが逆に凄《すご》い。

ただ実の妹にまで彼女が居ないことを指摘されると、彼女要らない協会会員の俺でも流石に心に来る――。

「――ってお前も彼氏出来たことねぇじゃん」

「ぎくっ…………か、彼氏なんか腐るほど出来たことありますけどぉ？　お兄ちゃんに言ってないだけで経験豊富ですけどもぉ？」

「本当に経験豊富な奴はそんなこと言わないと思うんだがなぁ」

俺の指摘に対して、瑞稀が忙しなく目をキョロキョロと彷徨《さまよ》わせながら落ち着きなく早口で反論して来る。しかし、長年兄をやっている俺には、瑞稀が嘘をついている事などお見通し……と言うレベルを超え、普通に誰でも分かるレベルで挙動不審になっていた。

「も、もうその話はやめよっ！　私もお兄ちゃんも傷付くだけだよ……」

「そうだな。如何《いか》にこの言い争いが不毛かがよく分かった」

俺達はお互いがこれ以上傷付かない内に、この本当にしょうもなくてくだらない言い合いを止める。それと同時くらいに、俺達のやり取りを見て入るタイミングを見失ったらしい柚と芽衣のクラスメイトが、若干引き気味に恐る恐る俺達に話し掛けて来た。どうやら俺達が言い争っている内に列が進んでいた様だ。

「え、えっと……入りますか？」

「「入ります」」

「あ……では少しお待ちください」

そのクラスメイトがこの兄妹《きょうだい》やべぇ……的な目で見ながら一瞬中に何かを伝えに行った後、三十秒程で戻って来た。

「準備出来ましたので、どうぞ」

「あ、はい」

「開けるよお兄ちゃん……」

ゴクッと唾《つば》を飲み込んで緊張した面持ちで瑞稀が扉を開けると――。

「――いらっしゃいませご主人様っ！」

「ん、いらっしゃいませ。ご主人様」

何と芽衣と柚二人が目の前に立っていた。しかもメイド服姿で。

念の為もう一度言おう。

――メイド服姿で立っていた。

芽衣は可愛らしいフリルが多数付けられたメイド服に身を包んでいた。全体的に少し幼い印象を与えるが、胸の辺りはこれでもかと主張して、今にもはち切れそうな様子でぎゅうぎゅうに詰まっており、少し恥ずかしさの残る顔も相まって、大変えっちぃ。そして俺はキモい。

対する柚は、大人っぽく、どちらかと言えば本物のメイド服に近いものを着用していた。芽衣までとはいかないものの、相当に大きなものを持っており、尚且つ膝上《ひざうえ》のスカートからは、すらりと伸びたガーターベルトの付いた艶《あで》やかな太ももが覗いており、此方《こちら》も大変えっちぃ。そして俺は（以下略。

まぁ一言で言うと――最高だった。

「…………我が妹よ……」

「ふっ……余計な言葉は要らないよ。私も同じ思いだからね……」

二人のあまりの美しさに歓喜の涙を流して喜ぶ俺達を見て、心優しき芽衣が焦った様に

駆け寄ってきた。それと同時に、いつも以上に激しく主張する芽衣の胸部装甲。

「ゆ、揺れてる……！」

「えっ⁉」

「口に出すな馬鹿野郎っ！　芽衣が恥ずかしがっちゃ——前言撤回。ナイスだ瑞稀」

胸を押さえて恥ずかしそうに顔を真っ赤にする芽衣の姿は、創作でよくいるドジっ子メイドの様で、大変に萌《も》える。更に芽衣だけでなく、柚も先程から動いていないが、チラチラと見える太ももが大変良い。

俺が全神経を集中させて柚の太ももを見ていると、ふと視線を感じたために上を見て……柚と目が合い、ジト目で見られてしまった。

「あ、えっと……」

「ん、ご主人様の目がえっち」

「い、いや違っ……うくないけど、これは一般高校生男子には流石に耐えきれないものが——」

「でも、昨日に免じて許す」

「ありがとうございます‼」

………メイド喫茶……最高かよ。

俺はこのメイド喫茶をやろうと奮闘した二組の男子達に心からの感謝と尊敬を捧《ささ》げた。

□

「ご、ご主人様、御注文はお決まりになりましたか……？」

「ん、ご主人様達には、私達が色々とやる。遠慮しなくていい」

　未だ恥ずかしさが抜けず若干頬を朱に染めている芽衣と、全く恥ずかしがらず、何故かベテランの風格を出す柚。そんな対照的な姿も、俺達オタクには非常にグッと来る。

「お兄ちゃん……さてはここ天国だね？」

「よく分かったな我が妹よ。此処《ここ》は正しく天国《ヘブン》だ。永遠に此処に住みたい」

「ん、バカ言ってないで決める。あと、普通にキモい」

「おい、今シンプルな罵倒《ばとう》が聞こえたぞ！　メイドさんがご主人様を罵倒するとかどういうことだよ！　まぁメイドさんから罵倒されるのは一種のご褒美だがな。ありがとうございます！」

　俺が全くのノーダメージ……それどころか逆に喜んでいるのを見た柚は、『流石えーた。キモさに限界がない』などと言って顔を引き攣らせながら軽く引いていたが……うん、見ていないことにしておこう。

「お兄ちゃん、何頼む？」

　瑞稀がキラキラと瞳を輝かせて身体を揺らしながら訊《き》いてくる。俺はそんな瑞稀とメイド達から視線をメニュー表に移す。そこには安いので数百円のものから、二千円程度のものまで結構色々なものが書かれていた。

学生の出し物なのに結構充実してるな……まぁ大方、二組の男子がめちゃくちゃ頑張ったのだろう。本当に二組の男子には感謝しかない。

「そうだな……やっぱここは『萌え萌え付きオムライス』一択だろ」

俺はこのメニュー表で一番高い、オムライスにケチャップで絵を描いてくれる＆『萌え萌えきゅん』のおまじないを掛けてくれるヤツを頼む。マジでキモいって？　もう諦《あきら》めたよ。

そう言えば、会計時に運が良ければチェキが撮れるらしいが……まぁそれも諦めよう。一日目は誰も当たらなかったらしいしな。自慢じゃないけど運には自信が全くないからね。そもそもこの家族に生まれた時点で運はないだろ。

なんて達観した様子で遠くを見つめる俺に、瑞稀が後方腕組み彼氏面でうんうん頷《うなず》く。

「お兄ちゃん――よく分かってるね。及第点どころか満点あげちゃうよ」

「だろ？　やっぱメイド喫茶と言えばこれしかないだろ」

「うんうんっ！　私も同じにしよーっと！」

「――ってことで『萌え萌え付きオムライス』二つお願いします」

「はいっ！　少々お待ち下さいっ！」

「ん、お待ち下さい」

二人はそれだけ言うと、厨房《ちゅうぼう》担当の下へと去っていくが……そんな後ろ姿もふつくしい。ワンチャン絶対領域も……いやマジで落ち着こ。ちょっとレベチなくらいキモいわ。

「どうしたのお兄ちゃん？　そんな賢者タイムみたいな顔して」

「妹の下ネタを聞く兄の気持ちになってみ？　恥ずかしいより普通に拒否反応でるからな？」

ほら、聞いただけで鳥肌立ってきたもん。しかも『ウ○コ！』みたいな小学生が言うような下ネタならまだしも、賢者タイムなんか結構ガチ目の下ネタですやん。マジで俺と一緒で脳死で話すとろくでもないことしか起こらんぞ。

なんて意図と共に俺が責めるように瑞希へ半目を向けていると……瑞希が突然先程までのニッコニコな表情を一変させたかと思えば、虚空を焦点の合わない瞳で眺めながら真顔で呟《つぶや》いた。

「……今考えたけど、めっちゃ冷める。多分お兄ちゃんが私の前で下ネタ言ったらドン引きする」

「な？　お前はそれをやったんやぞ」

「……本当にごめんなさい」

「本当にな」

「「…………」」

先程の高揚感とかは一体何処に置いていかれたのだろうか？　俺達のジェットコースタ

ーテンションに付いてこられなかったか。まぁジェットコースターって酔うしな。

もはや下らないことを考えることしかできなくなるほど空気が死んでいたその時。

「――お待たせしましたご主人様っ！　『萌え萌え付きオムライス』ですっ！」

「です」

芽衣と柚が厨房から現れ、オムライスを一つずつ持ってやってくる。それによって蔓延《まんえん》していた淀《よど》んだ空気が空気清浄機の数十倍の効力を持つ美少女の笑顔で浄化され、俺達の中に希望の灯が灯った。

「へぇ……結構本格的だな」

「あ、ホントだ。てっきりメイドさんだけが売りだと思ってたよ」

奇遇だな、俺も思ってた。

実際の話、二人が適当にメイド服姿で店の前にでも立っていれば客は大量に来るだろう。それほどまでに二人のメイド服姿は似合っている。美少女メイドは全オタクの夢だ。

しかし、どうやら二組はもっと上を目指そうとしたらしい。俺達の前に出されたオムライスは普通に見た目も匂いも美味そうなのだが……此処で一つ問題がある。

作っていたのが――全員男子なの。

いや、生徒がやる文化祭の出し物だし、女子は殆《ほとん》どがメイド担当になっているから当たり前なのだが……もう少し暖簾《のれん》か何かで隠そうとは思わなかったのだろうか？

――めちゃくちゃ待ってる間に見える。何なら俺達が座ってる席は男子生徒達が生き生きとした様子で汗をかきながら作っている一部始終が完璧《かんぺき》に見えてしまっている。

「何か一気に現実に戻された気分だよ……」

「言うな瑞稀……これが学生の限界だ……ただそこらのチェーン店のよりオムライスが美味そうなのは普通にバグだろ」

男子達の手捌《てさば》きエグかったぞ。普段料理する俺から見ても神業としか言えないくらいだったわ。

なんて考えながら俺が僅《わず》かに尊敬の目を厨房に向けていると、柚と芽衣が持って来たらしいケチャップを取り出した。

「それでは……ケチャップをかけさせて頂きますね？」

「ね？」

芽衣がはにかむような笑みを浮かべる傍ら、柚が一切表情を変えることなく、顔の近くにケチャップを持ってこてんと首を傾げる。最後にさも言った感じを出しながら。

「おい柚、最後だけ合わせとけばバレないみたいなこと考えてんだろ」

さっきからめちゃくちゃ気になってたんだよな。接客なんだから棒読みでもちゃんと言葉を話しなさいよ。

しかし柚は、俺の言葉をガン無視して、俺のオムライスの右半分にハートの中に『えーた』の文字を書くと、今度は芽衣と柚が移動して芽衣が左半分にハートの中に『瑛太《えいた》君』の文字を書いてくれた。それぞれ字の形がちょっと違って味が出ている。

そして遂に——この時がやって来た。

二人はケチャップを仕舞うと……代表して芽衣が少し恥ずかしそうに言った。

「そ、それでは私達から、美味《おい》しくなるおまじないを掛けさせていただきますっ」

「「いぇーい！」」

先程までのお通夜ムードを遥《はる》か後方に置き去りにした俺達のテンションも最高潮に達する。そんなワクワクを抑えきれない俺達の前で、芽衣と柚がとびきりの笑顔——柚は一目で分かる営業スマイル——で言った。

「「美味しくな〜れっ。美味しくな〜れっ。萌え萌えきゅんっ！」」

………………。

俺も瑞稀も二人のあまりの可愛さと尊さに尊死した。オムライスもスプーンを持つ手が止まらないくらい美味しかった。お前らのクラスがナンバーワンだ。

□

「……俺が執事服着る意味あるか？　三人の写真掲げてれば一発だろ……俺目当ての奴なんかどこ探してもいないしさ……」

因みに瑞稀は仲のいい友達を見つけてその子達に付いて行ったので、今は居ない。

そして今言ったように、絶賛戦力外通告を受けているはずの俺は、執事服姿で三人のイケメン執事の写真が貼られたプラカードを掲げて歩いている。

これでも何も仕事がないよりは文化祭に参加している気がして少し気が楽になった。

そして芽衣と柚も宣伝を兼ねて大変似合っているメイド服を着用したまま一緒に移動しているため、それはもう周りの視線をこれでもかと集めていた。

俺はそんな中で――執事とは全く関係ないもので負け惜しみの如く愚痴を零す。

「――いやこのパターンはチェキ撮影が当たって『すげぇ！』ってなるやつやん」

そう、メイドさんとのチェキ撮影の話である。俺は当たらないとかほざきながらも密かに期待していたのだが……うん、しっかり外れた。何にもなかったね。

「ん、何の話してる？　チェキ？」

「国語弱い奴いたわ。と言うか自分のクラスの出し物の詳細くらい把握しとけよ」

「あ、あはは……柚ちゃん、しっかり覚えておいて下さいね？　それに瑛太君、チェキ撮影は三日間で一人しか当たらないので、寧ろ当たらないのが普通ですよ」

俺は芽衣の説明を聞いて驚きで目を剝《む》く。それと同時に、芽衣の説明の中の言葉に俺の中でふつふつと怒りが湧いて来た。

「は？　一人？　誰だよそんな馬鹿な確率にした奴。芽衣か柚、どっちでもいいからちょっとソイツ呼んできてくれ。いや寧ろ俺が迎えに行くから誰なのか教えてくれない？」

地獄への片道切符と反感を抱いている多くの男子一同を連れてくからさ。

俺は思わず目をバキバキにさせてしまう。それほどまでにチェキ撮影の当選数の少なさに憤怒していた。

そもそも、ただでさえメイド服姿の女子は校内での撮影は禁止なのに、一人しか撮影許可出ないとか明らかにバグだろ。メイド服姿の女子と写真が撮れると宣伝して金取れば、今の数倍相当は余裕で儲《もう》かっただろうに。

「ん、怒らない。私が一緒に撮ってあげる」

「そ、そうですよ瑛太君っ！　私達とならいくら撮ってもらっても構いませんっ！」

仕方ないとばかりに肩を竦《すく》めた柚と励ますように胸の前で両拳《こぶし》を握る芽衣の言葉に、俺が勝手に脳内で変換しているのではないかという疑問が生じ、思わず聞き返してしまった。

「…………えっ？　いいの？」

「ん、おっけー」

「はいっ！　沢山撮りましょう！」

……………おいおいマジで俺の目の前にメイドを模した天使が現れたぞ。もしかして昨日したくもない執事を頑張った俺に神様が遣わしてくれたのですか？　本当にありがとうございます。

俺は二人の気遣いに驚きを通り越して歓喜の涙を流してしまいそうだった。今はいつも美人な二人が、五割増しくらいで可愛く見える。

「あぁ……神は俺を見捨てていなかった様だ……ありがとうございます……」

「ん、大げさ」

「や、大袈裟《おおげさ》ではないだろ。二人みたいな美少女と撮れる機会なんてほぼほぼないじゃん」

特に俺みたいな別にイケメンでもない普通の男は美少女に好かれる可能性は限りなく低い。今だって二人と絡んでいるのが奇跡みたいなものだしな。一日で二人に告白した昔の俺、良くやったけど死ね。デメリットデカすぎるんじゃボケ。

なんて自らの過去に感謝三割殺意七割の感情を向けていると……何故か二人から何処か責めるようなジトーッとした視線が送られていた。

「え、何で俺はそんな目を向けられてるの？」

「……えーたは、人のこと言えない」

「そうですよ。そんな美少女なんておいそれという瑛太君は私のことはもう言えませんからね？」

「ええ……？　別に良くない……？」

だってさ、俺だぜ？　これが超絶イケメンの朝陽《あさひ》なら分かるけどさ……俺だよ？　容姿に関してザ・普通を地で行く俺だよ？　言われてキモいとは思っても、間違っても『きゃっ嬉《うれ》しい』とはならんやろ。

なんて思うものの……二人のジト目攻撃に耐えかねた俺はあっさりと白旗を上げた。

「うっす、次からは気をつけるっす」

「……怪しい」

「そうですね、ちゃんと反省していない気が……」

ほなどうすればええんですかい。

□

てか柚と芽衣の俺への信用なさすぎない？　流石にちょっと悲しくなったんだけど。

俺は美少女発言について気を付けると言ったにも拘わらず数分の間ずっと疑われるという謎の時間を過ごしたために少し疲れを感じながらも……意地でも写真は撮りたいので尋ねてみる。

「そんで写真ってどこで撮れるん？」

「ん、どうせなら、三年四組写真屋で撮ろ」

「写真屋……写真屋だと？　何だそのリア充の巣窟《そうくつ》みたいな店の名前は」

「えっと……何処がリア充の巣窟みたいな名前なんでしょうか……？」

俺が吐き捨てるように言った言葉の意味をイマイチ理解出来ていない芽衣に、俺は仕方ないとばかりに肩を竦めたのち……ピンッと人差し指を立てて一から順に教えてあげる。

隣で俺に半目を向けるのはやめてくださいい柚さん。

「まずな、男友達とだったら写真屋にはそもそも行かないわけだよ。怠いし、それに金使うくらいなら飯を買う」

　男なんて適当に美味い飯をあげておけば取り敢えず喜ぶ。そりゃ服が好きな人もいるだろうが……食べることが嫌いな男はほぼほぼいないんじゃないか？　寿司か焼き肉奢《おご》るって言ったら喜んで付いていくぞ多分。

「そ、そんな単純な……」

「そんな単純な生き物が男だ。それで話を戻すが……女友達だったら学校の写真屋なんて自分に自信がある陽キャしか行かない。そしてカップルだったら逆に行かない理由がない」

　恐らく古今東西過去を探っても一番だと自信を持って言えるほどに分かり易い解説のはずなのに、芽衣はまだ納得していない様子で眉《まゆ》を顰《ひそ》めて首を傾げている。本当に何でかは分からないようだ。

「ず、随分と偏見な気が――」

「偏見じゃないぞ。これは絶対に偏見じゃない」

「ん、偏見」

「あれ？　柚は俺の味方じゃないの？　いつもならここで同意してくれるじゃん」

「ん、それこそ偏見」

「上手いな――じゃなくて！　……まぁいいや。取り敢えず俺の言いたいこと分かった？」

「はいっ。瑛太君が写真屋に随分と偏見をお持ちになっていらっしゃることが分かりましたっ！」

「ぐ……笑顔でそう言われるとダメージが……」

純粋無垢《むく》なニパッとした笑顔でとんでもない鋭さを誇った言葉が飛来してきたことによって俺は大ダメージを受け、自分の胸を押さえつつ膝《ひざ》から崩れ落ちそうになるのを必死に耐える。その際にたまたま辺りを見回したことにより——周りの視線が俺達に集まっていることに気が付いた。更に好奇の視線ではなく、どちらかと言えば嫉妬《しっと》している様な視線。

俺は素早く自分の状況を把握する。

現在俺は執事服で移動しており、芽衣と柚は勿論《もちろん》メイド姿。はい、直ぐに把握&原因解明。

それは注目されるし、嫉妬もされるわ。だって大して顔が良くない執事が、超絶美少女のメイドさん二人と歩いてるんだもん。だけど、ここで怯《ひる》めば俺に後はない。

「お、おうおう、何だよお前らっ！　文句があるなら面と向かって言って来たらどうだっ!?」

「ん、私の後ろに隠れて言うな。ダサい」

「だって怖いもん」

俺が自身よりも身長の低い柚の後ろに中腰で隠れて啖呵《たんか》を切れば、柚が心底冷めた目で俺を見下ろしてきた。だがここを離れるつもりはない。

だって嫉妬ってこの世で一番怖い感情じゃない？　現実じゃないとは言え、ヤンデレは嫉妬で人を刺すんだよ？　ヤンデレじゃなくても嫉妬で人殺したりする人多いし——って

あぁ⁉

　ヤンデレは創作だけで勘弁……なんて思っていた俺だったが、此方《こちら》に向かってダダダッと足音を鳴らしながら迫ってくる警察のようなコスプレをした男子達を見つける。

　てかどっからそのクオリティー高い警察のコスプレ衣装調達したの？　ちゃんと腰に警棒と手錠まであるじゃん。

　ここまでは良い——良くはないが——ものの……そんな外見的特徴が一切気にならなくなるくらいに瞳《ひとみ》に嫉妬やら憤怒やらを宿しており——その瞳が俺に向けられていることに気付いてこれでもかと顔を引き攣らせた。

「や、やばい二人とも！　何かてぇてぇ警察みたいな格好の男子生徒十人くらいが俺達目掛けて走って来てるって！　正確には俺！」

「……てぇてぇ警察？　ちょっと何言ってるか分からない」

「俺も分からん——じゃなくて、取り敢えず逃げませんか⁉　何かめっちゃ目が血走ってるもん！　絶対彼女持ちじゃない独り身で柚と芽衣を目当てにメイド喫茶行った男子じゃん！」

　どうせそこの店番の生徒に柚と芽衣は今居ないなんて言われた後に、俺と一緒に出て行ったとでも聞いたのだろう。ほら、俺って有名人じゃん？　もちろん悪い意味での知名度なんだけど。

「あのさ、本当にヤバい！　何か分からんけどヤバい！　もうヤバい予感しかしないのがヤバい！」

どうやら語彙力《ごい》が完全に死んでしまうほどに俺が焦っていると察してくれたらしい。

柚がチラッと警察官コスプレイヤーを一瞥《いちべつ》したのち、小さく頷《うなず》いた。

「ん、賛成」

「え、え、あの……でもどこに逃げるのですか……!?」

「――――そんなの適当だよ！　考えてる時間無いもん！」

良い加減近くなってきた警察官と言うよりヤクザの雰囲気を纏《まと》った男子生徒達から逃げるように、俺はやむなく二人の手首を掴《つか》んで走り出した。

「ああもうくそうっ！　文化祭は何処か頭のネジが飛んでる奴が多いなぁ!?」

「「「「「「待てやゴルァッ！　校内での不純異性交遊は禁止だぞ!!」」」」」」

「ただの嫉妬やないかクソが！　それに不純異性交遊なら他にも星の数ほどいるんだから
そっちを相手にしろよ!!」

そう言っている間にも今俺が走り抜けた所には――明らかにカップルだと分かる様に手を繋《つな》いだ制服姿の男女が三組は居た。

しかしその全ての一切を無視した野郎共は口を揃えて宣う。

「「「「「「視界に映ったのがお前だった」」」」」」

「嘘つけえっ!!　絶対俺だけを捜してたんだろうが!!」

「「「「「「五月蠅《うるさ》い！　取り敢えず捕まれ!!」」」」」」

こいつらとうとう開き直りやがった……ッ!!　開き直った奴が一番強いんだよな、過去の俺がそうだったみたいに!!

「柚、芽衣、ちょっと速度上げるけどコケないようにな!?」

「ん」

「は、はいっ!!」

二人の返事を聞いた俺は、この学校で一番安全で権力のある場所——教員テントへと一目散に駆け出した。

□

「ふぅ……捕まる前に辿《たど》り着《つ》けれて良かったぜ……嫉妬に憑りつかれた奴らは何するか分からんからな……」

「ん、嫉妬は怖い」

「た、確かに怖かったですね……」

俺達は写真屋の前で僅《わず》かな達成感を覚えながらも、人間の狂気に触れて全員顔を少し青くしながら肩で息をしていた。俺なんかは今まで欠片《かけら》もかいていなかった汗すらかいている。梅雨時期と被って大変気持ち悪い。

因みにあの野郎共は先程も俺が言った通り、追いかけられて数分後に無事辿り着けた教員テントに待機していた怖い怖い先生方に引き渡した。今頃浮かれすぎたあの馬鹿共は先生方にお叱りを受けている頃だろう。

ふっ……ざまぁねぇな。わざわざ人の多い所で追いかけるからだ。

俺が心の中で勝ち誇っていると――ふと芽衣も柚も顔が少し赤くなっていることに気が付いた。決して息が上がっているから……というだけではなさそうだった。

どうしたんだ……と訝《いぶか》しげに二人の姿を上から下まで眺め……途中で視線が固定されると共に今の俺達の姿を思い出す。

――二人の手首を摑んで走っていた事を。

「あ……わ、悪い……あの時は夢中で……」

俺はドキドキを悟られぬようにできる限り平静を装いつつ、そっと二人の細く柔らかい手首――もうほぼ手を繋いでいた――を離した。二人はほぼ同時に俺が摑んでいた手首を反対の手で触る。もしかしたら痛かったのかもしれない。

「あ、や……マジでごめん。急に握ったし、逃げるのに夢中で力強かったかも……全く配慮できてなかったわ……」

「ん……大丈夫。私は気にしない」

「わ、私も大丈夫ですっ！　そ、それにお友達と手を繋ぐくらい普通ですっ」

柚はいつも通りの顔で何ともない風に言い、芽衣は未だ頰の赤みは抜けきれていないものの、どうやら俺を許してくれる模様。二人は、普通ならちょっとキレられても文句が言えないくらいの事をしたのに許してくれるらしい。

二人とも……こんな俺を許してくれてマジでありがとう……！

でもな、芽衣——一つだけ言わせてくれ。

俺は心の中でゆっくりと吐露した。

——いくら友達でも異性と手を繋ぐなんてシチュエーションは創作でもないんよ。小学生ならまだしも、高校で手を繋ぐ奴はもうカップルしかいないんよ。

そう訂正を入れると無意識に自分の行いについて振り返ることになり、ただでさえ緊張やら興奮やらでやられていたのに……追加で猛烈に恥ずかしくなった。

ほんと何やってんだよ俺……学年でも特に有名な美少女二人と手を繋いで校内を爆走するとかさ、普通にアウトじゃん。こんなの傍《はた》から見れば、完璧《かんぺき》に二股《ふたまた》をしていたのがバレて追いかけられていた屑《くず》野郎じゃないか。……また噂増えるんだろうなぁ。

ただ——これ以上悪い事を考えても仕方がない。起こったことを無くすことなど出来ないのだから。

「………よし、未来のことは未来の俺に任せて、取り敢えず今は楽しむか」

「ん、賛成」

「はいっ。文化祭は楽しむものですしね！」

俺達は現実逃避とばかりにこの文化祭を楽しむことにして……目の前にある手作り感満載な写真屋の看板を眺める。

「何か……気付いたら着いたな」

「ほんとですね……」

「ん、奇跡」

いやマジで適当に走ってたんだよ。それでテントに行った後も野郎共の目を掻い潜るために小走りで逃げて――結果的に此処《ここ》に辿り着いたってわけ。柚の言葉を借りるわけじゃないが、本当に奇跡としか言いようがない。

「ま、取り敢えず入るか。何かあの怖さの後だと全然ビビんないわ」

「……あれは、ヤバかった」

「あ、あはは……」

俺達は疲労困憊《こんぱい》といった状態でガラガラッとスライド式のドアを開け――。

「――それでは撮ります！　はい、チーズ！」

そんな軽快な掛け声と共にカシャッというシャッター音が、静かな三年四組の教室に鳴り響く。

被写体となっているのは数組のカップルであり、その反対側には――よく修学旅行とかに付いてくる写真業者の人達が持っている様なデカい一眼レフを構えた先輩と思われる人達がいた。どうやら併せて一気に撮るらしい。

ただカメラマンをしている先輩方は素人《しろうと》ではなく……何なら全員写真部、又は写真部に鍛えられた生徒達しかおらず、今のシフトでは全国高校写真コンテストの様な大会で最優秀賞を受賞した人もいるらしい。素直に凄《すご》い。

　俺達が思った以上のガチ感に圧倒されていると……撮影を終えた一眼レフを持った俺と同じくらいの身長の先輩がにこやかな笑みを浮かべる。

「おや……君達は今学校中で有名な佐々木《ささき》君達じゃないか？」

「何で俺だけ名指しなんですか……？」

「君が一番有名だからなぁ……まぁ悪い意味で、だけど」

「うぐっ……いや、まぁそうですよね」

　どうやら俺の悪評はとどまるところを知らないのか、学年の垣根を飛び越えて三年生の所にまで名前を轟《とどろ》かせていたらしい。普通に最悪なんですけど。

　俺が先輩の話にどんどん顔を曇らせていると……先輩がプッと噴き出した。

「あははは、あはははははっ、ごめんごめん。随分噂と違ってついつい……ちょっと後輩を揶揄《からか》いすぎたかな？」

「いやまぁ……別に良いっすよ。さっきとんでもないのと生死をかけたリアル鬼ごっこを繰り広げてましたし」

「ん、繰り広げてたのは、えーただけ」

「んぐっ……じ、事実だから否定できねぇ……」

「まぁそうですけど……ふふっ、結果的に捕まらなかったのですし良いではないですか？」

　なんて普段通りの会話を展開する俺達を見た先輩が少し目を見開いたかと思えば再び笑

い出した。ゲラなのかな？

「くくくっ、あはははははっ！　本当に面白いね君達！　いやー噂も当てにならないねぇ。まぁほら、あそこに好きな感じで並んで並んで。写真を撮りに来たんだろう？　今なら君達しかいないし――最優秀賞を取った僕が直々に撮ってあげるよ？」

これはビックリ。まさか目の前のゲラ先輩が一番凄いカメラマンだったとは。

ただ、そんな凄い人に撮ってもらえるのなら断る道理もない。

「んじゃお願いします。柚、芽衣、適当に並ぼうぜ」

「ん、えーたが真ん中」

「却――」

「私も賛成ですっ！」

「いやいや俺の意見は？」

俺の意見をフル無視して先輩に言われた撮影場所に向かう二人を眺めながら文句を言おうとして――小さくため息を吐くに止《とど》めた。

別にここなら周りの目も最低限しかないし、その目も先輩方のものであるし……そして何より。

「ん、ここはギャルピ」

「ぎゃ、ぎゃるぴ……？」

「こう」

「それをぎゃるぴと言うのですか……初めて知りました」

俺の屑行動が発端で散々迷惑を掛けた二人が——こうして楽しそうに笑ってくれている。

それだけで何でも許せる気がした。

俺は柄にもなくそんなことを思いつつ、小さく笑みを零して二人の下に歩み寄る。

「おい、ギャルピをやるなら表情まで完璧にやるからな」

「ん、ギャルは憧《あこが》れ」

「が、頑張りますっ!!」

俺が真ん中、左に柚、右に芽衣……おまけにギャルピースときた。

少々というかものすごく小っ恥ずかしいが、我慢しよう。

「それじゃあ準備はいいかな？　それじゃあ撮ります——」

そう言った先輩が準備万端な俺達にカメラを構えると。

「——はい、チーズ！」

二度と訪れることのない一瞬を切り取るカシャッというシャッター音が教室に響き渡った――。

エピローグ一　佐々木瑛太は狼狽する

文化祭が終わって早数日。

文化祭前は待ち遠しいとか思っていたのに、もう文化祭が終わってから数日も経つとかあまりにも時の流れが速すぎる。俺の楽しい楽しい文化祭の時間を返して……もらわなくてもいいか。うん、嫌な思い出の方が多いわ。執事姿にはもう二度となりたくない。

それはともかく、大きな行事が過ぎ去ったことで浮足立っていた生徒達の様子もすっかり元通りになり、平穏が戻って来た……。

「えーた、弁当」

「瑛太君、お待ちしてました！」

なんてことはなく、当の俺はといえば、相変わらず学校は針の筵《むしろ》となっている。

文化祭が終わってからちょっと緩和されたが、まだまだ全身に突き刺さる視線が痛すぎる。

誰か助けてとは言わないから壁をくれ。というか壁じゃなくて自分を透明化できる何かが欲しい。フラッと青いたぬきでも現れて、テッテレーなんて言って透明マントくれないかな？　ないか。そうか……。

　これからも視線に耐える日々が続きそうだ……と肩を竦《すく》めつつ、俺は屋上の扉を後ろ手に閉めながら弁当くれポーズをする柚《ゆず》にジト目を向けた。

「はい、お待たせしましたーっと。それと柚、来て早々『弁当』はないだろ。少しは芽衣《めい》を見習って俺が来たことを喜べよ。百歩譲って喜ばなくても挨拶《あいさつ》くらいしろよ」

　そんな俺の言葉に一瞬ポカンとした柚だったが、直ぐに表情こそ一切変えることはなかったものの、腕をバンザイさせて言った。

「わーい。……ん、弁当」

　こいつ一発ぶん殴ってやろうか、と思ってしまうほど全く喜んでいなそうな柚の姿に、俺は一瞬イラッとするも……柚はこういう奴だと割り切って怒りを鎮めた。

　ほら、争いは同レベルでしか起こらないって言うでしょ？　だから、柚とは何段階もレベルが違う俺は、柚の無自覚煽《あお》りにも大人の対応が出来るのだ。成長。

「はい、お前の弁当」

「……！　えーたが、言い返してこない。何か、悪い物食べた？」

「凄い失礼な奴だなおい。悪い物なんか食べてないわ。大人になったんだよ、クールな大人にな」

「えーた、ゲーム雑魚《ざこ》」

「よしやってやる、メッタメタのギッタギタにしてやるよ！」

「く、クールという言葉の意味が分からなくなってきました……」

柚の挑発にあっさりと乗ってしまった俺がクワッと目をかっぴらいてビシッと指を差して言えば、俺の恐ろしく早い手のひら返しに芽衣が驚きの声を漏らした。

てか最近俺達のノリについてこられるようになったのね、芽衣。初めはあんなにオロオロしてて可愛かったのに……いや今でも物凄《ものすご》く可愛いんですが。でもどこかあの頃の反応を名残惜しく感じる俺がいる。

なんて俺が爺《じい》さんみたいに昔を懐かしんでいると。

「あ、そう言えば見てください、私のスマホの画面っ！」

芽衣が何かを思い出したかのようにパッと顔を明るくしてスマホを取り出す。

俺と柚が何事かと顔を見合わせて覗《のぞ》き込めば——。

「ん、私達の、写真」

そう、俺達が文化祭の時に撮ってもらった写真がホーム画面に設定されていたのである。

ギャルピというその場の雰囲気に流されに流されて撮った、あのあまりにも顔面の格差が凄いやつ。これほど俺の存在が邪魔だなって思ったことも中々ない。多分千人に聞いても全員が全員『このフツメン執事邪魔』って口を揃えて言うだろう。

しかし俺の考えとは裏腹に、芽衣は嬉《うれ》しそうにぽわぽわした笑みを浮かべていた。

「物凄く良くないですか？　私のお気に入りなんですっ！」

「お、おぉ……うん、良いと思うよ」

言えませんやん、俺が邪魔過ぎてあまり見たくないなんて。そんな笑顔で見られたら同意するしかないですやん。

なんて顔が引き攣りそうになるのを必死に抑えていた俺の横で、柚が珍しく弁当を食べる手を止めてスマホを弄りだしたと思ったら。

「ん、おそろ」

少し嬉しそうにホーム画面を見せつけてくる柚。もちろん写真は同じ。

そんな柚のスマホを見て目を輝かせた芽衣は、どこか期待するように俺へと目を向けてきた。

「も、もしかして瑛太君も……っ！」

「………っ、スーーッ……」

「ち、違うのですか……？」

「ん、えーたの薄情者」

俺が芽衣の視線から逃れるように目を逸らせば、一瞬で察して不安げに瞳《ひとみ》を揺らす芽衣と半目で俺を睨《にら》みつける柚。罪悪感で胸が締め付けられるのですが。

「いや、違うんだよ、これには理由があってだな……」

「理由、ですか……？」

「ん、聞こう、じゃないか」

何でだろう、こうも詰問みたいな状況になっているのは何でだろう。いや、そんなことを考える前に弁明しなければ。

「……男子はな、良くスマホを見せ合ったり覗き込んだりするわけだ」

「女の子もしますよ？」

「ちょっと芽衣はお静かにしてもらえませんか、お願いします」

ヤバい、何か芽衣の言葉に斬れ味がある気がする。自然と敬語になってまう。ちょっとここで正座してますね。

俺は居た堪れなさに耐えきれなくなって床に正座しつつ話を続ける。

「えーっと、それでだな……。あ、あの写真を友達に見られたら、俺は間違いなく弄られるのレベルを超えてしまうことが起こると容易に想像できたので、壁紙にしてませんでした、はい」

「そう、なんですか……。でも確かに、それは瑛太君の身が危ないですもんね」

そう言って少し残念そうにしながらも、自分の影響力を分かっているためか申し訳無さそうに眉尻《まゆじり》を下げる芽衣。

やはりウチの子は良く出来ている。まさしくめっちゃ器が大きい完璧《かんぺき》美少女……俺の身が危ないってどういうこと？

「ん。貸して、スマホ」

「あ、はい」

芽衣の言葉に気を取られていたせいで、流れるように柚にスマホを貸してしまう。

しかし直ぐに疑問が頭を過った。

「待って、どうして俺が柚にスマホ――あっ」

忘れてた。こいつが俺のスマホのパスワードを知っていることを完全に忘れていた。そう言えばＬ◯NE を交換した時もスマホのロック解除してたわ。

「ん、返す」

「柚、お前まさか……」

俺は嫌な予感がして冷や汗を垂らしつつ、柚からスマホを受け取り……案の定しっかりホーム画面とロック画面どっちもが写真に変えられている。どっちもじゃなくても良くないか？

「ん、変えたら殴る」

「殴る⁉　お前いきなりバイオレンス思考過ぎやしないか？」

「ゆ、柚ちゃん、流石にそれは……」

「ん、こうでもしないとえーたは変える」

驚きに目を見開く俺と若干引き気味の芽衣の視線を受けても一切動じた様子のない柚。伊達《だて》にインターネットの海に沈んでいる VTuber をやってるだけある。

それにしても良く分かってるじゃないか。でもロック画面はせめて別のに……。

――ポコポコッ。

「……ん？」

俺は誰かからの L◯NE の通知音に首を傾げる。
こんな真っ昼間の……それも俺の通知の大部分を占める柚と芽衣と一緒に居る時に通知が来るなんて珍しい。他にあるとすれば康太《こうた》か和樹《かずき》のはずだが……。
なんて疑問に思いつつ通知を見てみれば。
《みずき：おにい》
《みずき：柚さんと芽衣さんの好きなお菓子って知ってる？》
まさかの送り主は現在学校だと思われる我が妹、瑞稀《みずき》からだった。しかも文面がちょっと理解できない。
それに柚と芽衣の好きなお菓子？　そんなの聞いて一体何になるんだよ。
《瑛太：おい》
《瑛太：何でそんなこと聞くんだ？》
そう送りながらも、なんだか少し嫌な予感がするのは気の所為だろうか。正確に言えば、俺の知らない所で何か事が動いているような、そんな予感。こういった時の予感は物凄く当たるから、ただの勘だと言って流しちゃいけない。全俺が問い質せと警鐘を鳴らしている。
そんな俺の予感を裏付けるように瑞稀から返信が。
《みずき：え二人から聞いてない？》
はい、これは確定です。絶対俺の知らない所で事が動いているパターンですわ。

俺は無言でスマホを閉じ、二人に向き直った。

「……なあ、少し聞きたいんだけどさ……近くで何かする予定とかあるか？」

そう俺が尋ねてみれば……。

「…………あっ」

「ん、言うの忘れてた」

芽衣が小さく声を漏らすと共に僅《わず》かに焦燥感に駆られた表情に変わり、柚がそう言えばそうだったと言わんばかりにポンと手を打つではないか。これがソシャゲのガチャなら確定演出だな。

「……ところで、どんな予定が？」

俺が恐る恐る尋ねてみれば——二人が声を揃えて告げるのだった。

「「——今日、瑛太君（えーた）の家にお邪魔する（んですっ）!!」」

あとがき

この度は『学年の二大美少女にフラれたのに、何故か懐かれたらしい』を手に取ってくださりありがとうございます。

楽しんでいただけたでしょうか？　もし楽しんでいただけたなら幸いです。


どうも、あとがきが苦手過ぎてまだ一巻目だというのに早速はっちゃけても良いものか、はたまたちゃんとした方が良いのかをイマイチ測りかねている——あおぞらです。

ただ、つい前の行で塩梅をイマイチ測りかねていると書いておきながらなんですが、流石に一巻目なので真面目に今作についての話をしようと思います。まぁ偶にあとがきから読む人がいるという噂があるので、あらすじは書きませんが。


今作は、小説投稿サイト『カクヨム』さんにて一昨年《おととし》より投稿していた作品が、大変ありがたいことに『第九回カクヨムWeb小説コンテスト』にて特別賞を受賞させていただいた結果、担当編集のKさんから沢山のアドバイスをいただきながら色々と手を加えてなんとか書籍になった……という作品です。

正直受賞を知った時は大学内で沢山の人が居たにも拘わらず、普通に『ガタッ』と椅子から落ちそうになりました。あの時は不思議と恥ずかしくなかったです。

ただこの作品を書き始めた当時の私は、ラブコメを読むのは好きでも、いざ書こうとすれば伸びないのはもちろん中々手が進まない、という杜撰《ずさん》過ぎる状態でした。まぁ中々手が進まないのはどのジャンルでも今も変わんないんですが。多分私の一生の課題ですね。

それはさておき。そんなズタボロの中でも意欲だけあった私は何を思ったのか。


「――もう今の流行《はやり》とか知るか！　好きなモンだけ入れてやんよ！」


などと一人で沸き、これまでの自分の作風はもちろん、完全に読者の方々の趣味嗜好をフル無視し、伸びなくても良いから兎に角私の『好き』を詰めに詰め込んだことで誕生した作品です。

特に主人公――佐々木瑛太《ささきえいた》は、私の『好き』が顕著に表れてますね。

普段は俗っぽくて、ヘタレで、面倒臭がりで、中身のない軽口を友達と言い合って笑い、ちょっとしたことに直ぐにキレて、美少女には緊張したり見栄を張ったりしてしまう、何処にでもいるような普通の男子高校生。しかし、そんな普段とは打って変わって、ここぞという時にはしっかりやってくれて頼りになる存在。

それこそが私の理想の主人公像であり、正しく佐々木瑛太そのものと言っても過言ではないでしょう。彼が主人公でなければ、この作品がコメディーチックになることはなかったでしょう。周りからの嫌悪の目を学校内では常に浴びるとか考えただけで不登校になりそうです。まぁ自業自得な部分もあるにはあるのですが。

まぁそんなこんなで、ラブコメを書いておいてなんですが、この作品で私が一番好きなのはぶっちぎりで瑛太です。迷うことなく瑛太です。そこはヒロインであれよ、と思うでしょう？　私もそう思います。が、それでも瑛太が一番好きです。まぁ一種の憧《あこが》れがあるのは否めませんが。

さて、そんな大好きな瑛太が出来上がった後で誕生したのが——ヒロインの姶良柚《あいらゆず》と姫野芽衣《ひめのめい》です。

口数が少なく表情筋が仕事をサボり、基本的に自らの感情を表に出さないマイペース美少女の柚。彼女は兎に角自分の好きなこと以外には興味を示さないタチで、それを裏付けるかのように瑛太の告白に対してもにべもなくフッてます。逆に気になったら『距離感？　常識？　なにそれ美味《おい》しいの？』レベルで自分からグイグイ行っていますが。

対する芽衣は、生真面目で文武両道、性格も良く、それでいてちょっぴり天然な高嶺《たかね》の花《はな》系美少女。自分が心の痛みを知っているがゆえに周りに優しく、告白してくる相手に対しても真摯《しんし》に向き合う姿から生真面目さが窺《うかが》えます。ただ瑛太や柚と関わっていく内に、時折見事な天然具合を披露してきますし、意識的にボケるのはちょっと苦手な一面も持っています。やっぱりこの世に完璧《かんぺき》な人間はいないんですね。美少女なら天然もプラスになりそうですが。

そんな二人ですが……もちろんの如くどちらも私が大好きなヒロイン像です。二人共めちゃくちゃ可愛いですよね、マジで。あ、異論は認めません。

二人を思い付いたキッカケは、簡単に言えばノリです。もはやこの作品自体がノリから出来上がっているので当たり前なんですが、直感で好きなヒロイン像を創ってみたら……あらビックリ、思った以上にしっくり来ちゃいました。自分でもあの時は思わず「……え、流石に天才過ぎんか」とキモいくらいに自画自賛をしたくらいです。


本当はこの後もどこがどうやら沢山の読者の皆様に支えられて〜〜などとあるのですが、文字数がヤバくなってきたので、この作品について語るのは終わりにしましょう。多分終わんないとちょっとどころか倍近くまで増えそう。


では最後に。

第九回カクヨムＷｅｂ小説コンテストの選考委員の皆様方。この作品にラブコメ部門特別賞という評価を与えてくださり身に余る光栄です。

この作品の担当編集のＫさん。全てが遅く未熟な私と膨大な改稿作業を支えてくださったＫさんには、感謝してもし切れません。本当にありがとうございます。

イラストレーターのぴろ瀬さん。瑛太も柚も芽衣も、私の拙い語彙《ごい》力では書き表せないくらいに最高です。今ほど語彙力があればと思ったことはありません。本当にありがとうございます。

Ｗｅｂからこの作品を追い掛けてくださった読者の皆様。当初から読んでくださった皆様がいらっしゃらなければ、この作品がこうして書籍になることもなかったでしょう。本当にありがとうございます。それと、長らくおまたせして申し訳ありません。

そしてこの作品を手に取ってくださった全ての皆様。経緯はどうであれ、数多《あまた》ある作品の中からこの作品を見つけてくださり本当にありがとうございます。皆様にほんの少しでもこの作品を見つけられて良かった、と感じてもらえたなら嬉《うれ》しいです。

それでは皆様と二巻で再び逢《あ》えることを願って。

あおぞら

学年《がくねん》の二大美少女《にだいびしょうじょ》にフラれたのに、何故《なぜ》か懐《なつ》かれたらしい

著　あおぞら

角川スニーカー文庫　24566
2025年3月1日　初版発行

発行者　山下直久
発　行　株式会社KADOKAWA
〒102-8177 東京都千代田区富士見2-13-3
電話　0570-002-301（ナビダイヤル）

印刷所　株式会社暁印刷
製本所　本間製本株式会社

Printed in Japan　ISBN 978-4-04-116061-9　C0193

★ご意見、ご感想をお送りください★
〒102-8177 東京都千代田区富士見 2-13-3
株式会社KADOKAWA　角川スニーカー文庫編集部気付
「あおぞら」先生「ぴろ瀬」先生

角川文庫発刊に際して

角川源義

第二次世界大戦の敗北は、軍事力の敗北であった以上に、私たちの若い文化力の敗退であった。私たちの文化が戦争に対して如何に無力であり、単なるあだ花に過ぎなかったかを、私たちは身を以て体験し痛感した。西洋近代文化の摂取にとって、明治以後八十年の歳月は決して短かすぎたとは言えない。にもかかわらず、近代文化の伝統を確立し、自由な批判と柔軟な良識に富む文化層として自らを形成することに私たちは失敗して来た。そしてこれは、各層への文化の普及滲透を任務とする出版人の責任でもあった。

一九四五年以来、私たちは再び振出しに戻り、第一歩から踏み出すことを余儀なくされた。これは大きな不幸ではあるが、反面、これまでの混沌・未熟・歪曲の中にあった我が国の文化に秩序と確たる基礎を齎らすためには絶好の機会でもある。角川書店は、このような祖国の文化的危機にあたり、微力をも顧みず再建の礎石たるべき抱負と決意とをもって出発したが、ここに創立以来の念願を果すべく角川文庫を発刊する。これまで刊行されたあらゆる全集叢書文庫類の長所と短所とを検討し、古今東西の不朽の典籍を、良心的編集のもとに、廉価に、そして書架にふさわしい美本として、多くのひとびとに提供しようとする。しかし私たちは徒らに百科全書的な知識のジレッタントを作ることを目的とせず、あくまで祖国の文化に秩序と再建への道を示し、この文庫を角川書店の栄ある事業として、今後永久に継続発展せしめ、学芸と教養との殿堂として大成せんことを期したい。多くの読書子の愛情ある忠言と支持とによって、この希望と抱負とを完遂せしめられんことを願う。

一九四九年五月三日

陰キャだった俺の青春リベンジ
天使すぎるあの娘《こ》と歩むReライフ
慶野由志
ill たん旦
この社畜力でやり直す、彼女と一緒の2度目の青春！
シリーズ続々重版中!!
ブラック企業で社畜生活の末倒れた新浜は、目覚めると高校二年生にタイムリープしていた。死ぬ前に頭をよぎったのは高校時代の憧れの少女。2度目の人生は後悔したくない。彼女と一緒に最高の青春をリベンジする!
スニーカー文庫

みょん Illust.ぎうにう
男嫌いな美人姉妹を
名前も告げずに助けたら
一体どうなる？
1巻発売後即重版!
早く私たちに溺れればいいのに
——濃密すぎる純情ラブコメ開幕。
学年一の美人姉妹を正体を隠して助けただけなのに「あなたに隷属したい」「君の遺伝子頂戴?」……どうしてこうなったんだ?　でも“男嫌い”なはずの姉妹が俺だけに向ける愛は身を委ねたくなるほどに甘く——!?

スニーカー文庫

俺の幼馴染はメインヒロインらしい。
author
3pu
illust.
Bcoca
でも彩人《モブ》の側が一番心地いいから
青春やり直しヒロインと紡ぐ
学園ラブコメディ
彩人の幼馴染・街鐘莉里は誰もが認める美少女だ。共に進学した高校で莉里は運命的な出会いをしてラブコメストーリーが始まる……はずなのに。「彩人、一緒に帰ろ!」なんでモブのはずの自分の側にずっといるんだ?
スニーカー文庫

きみの紡ぐ物語で
世界を変えよう。
第31回
スニーカー大賞
作品募集中!
大賞 300万円
金賞 50万円
銀賞 10万円
締切必達!
前期締切
2025年3月末日
後期締切
2025年9月末日
詳細は
ザスニWEBへ
https://kdq.jp/s-award
イラスト／カカオ・ランタン